W0249876

La dame de pique

ŒUVRES PRINCIPALES

La fille du capitaine, Librio n° 24
Eugène Onéguine
Boris Goudounov
L'oiseau de feu
La princesse morte et les sept chevaliers
Le convive de pierre
Contes

Alexandre Pouchkine

La dame de pique

Traduit du russe par Prosper Mérimée

suivi de

Doubrovsky

Traduit du russe par J.-N. Chopin

Librio

Texte intégral

La dame de pique

1

Les jours de mauvais temps
Ils se retrouvaient
Souvent ;
Ils doublaient, Dieu ait leur âme !
Leur mise de cinquante
À cent,
Et ils gagnaient,
Marquaient le coup
À la craie.
C'est ainsi que lorsqu'il faisait sombre
Ils s'occupaient
Sérieusement.

« La dame de pique signifie secrète malveillance. »
Le Cartomancien moderne.

On jouait chez Naroumof, lieutenant aux gardes à cheval. Une longue nuit d'hiver s'était écoulée sans que personne s'en aperçût, et il était cinq heures du matin quand on servit le souper. Les gagnants se mirent à table avec grand appétit ; pour les autres, ils regardaient distraitement leurs assiettes vides. Peu à peu néanmoins, le vin de Champagne aidant, la conversation s'anima et devint générale.

– Qu'as-tu fait aujourd'hui, Sourine ? demanda le maître de la maison à un de ses camarades.

– Comme toujours, j'ai perdu. En vérité, je n'ai pas de chance. Je joue la *mirandole* ; vous savez si j'ai du sang-froid. Je suis un ponte impassible, jamais je ne perds mon sang-froid et je perds toujours !

– Comment ! dans toute la soirée, tu n'as pas essayé

une fois de jouer la série ? En vérité ta fermeté me passe.

– Comment trouvez-vous Hermann ? dit un des convives en montrant un jeune officier du génie. De sa vie, ce garçon-là n'a fait un paroli ni touché une carte, et il nous regarde jouer jusqu'à cinq heures du matin.

– Le jeu m'intéresse, dit Hermann, mais je ne suis pas d'humeur à risquer le nécessaire pour gagner le superflu.

– Hermann est allemand ; il est économe, voilà tout, fit observer Tomski ; mais ce qu'il y a de plus étonnant, c'est ma grand-mère, la comtesse Anna Fedotovna.

– Pourquoi cela ? lui demandèrent ses amis.

– N'avez-vous pas remarqué, reprit Tomski, qu'elle ne joue jamais ?

– Qu'y a-t-il d'étonnant, dit Naroumof, à ce qu'une femme de quatre-vingts ans ne ponte pas ?

– Vous ne savez pas le pourquoi ?

– Non. Est-ce qu'il y a une raison ?

– Oh ! bien, écoutez. Vous saurez que ma grand-mère, il y a quelque soixante ans, alla à Paris et y fit fureur. On courait après elle pour voir *la Vénus moscovite*. Richelieu lui fit la cour, et ma grand-mère prétend qu'il s'en fallut peu qu'elle ne l'obligeât par ses rigueurs à se brûler la cervelle. Dans ce temps-là, les femmes jouaient au pharaon. Un soir, au jeu de la cour, elle perdit sur parole, contre le duc d'Orléans, une somme très considérable. Rentrée chez elle, ma grand-mère ôta ses mouches, et en défaisant ses paniers alla conter sa mésaventure à mon grand-père, et lui ordonna de payer. Feu mon grand-père, autant qu'il m'en souvienne, était une espèce d'intendant pour sa femme. Il la craignait comme le feu, mais le chiffre qu'on lui avoua le fit sauter au plancher ; il s'emporta, se mit à faire ses comptes, et prouva à ma grand-mère qu'en six mois elle avait dépensé un demi-million. Il lui dit nettement qu'il n'avait pas à Paris ses villages des gouvernements de Moscou et de Saratov, et conclut en refusant les subsides demandés. Ma grand-mère lui donna un soufflet et fit lit à part cette nuit-là en témoignage de son indignation. Le lendemain elle fit appeler son mari, espérant que le châtiment avait fait son effet, mais il demeura inébranlable. Pour la première fois de sa vie elle voulut bien condescendre à des raisonnements et des explications. C'est en vain qu'elle s'efforça de démontrer à son mari qu'il y a dettes et dettes, et qu'il n'y a pas d'apparence d'en user avec un prince comme avec un carrossier. Toute cette éloquence fut en pure perte, mon grand-père était inflexible. Ma grand-mère ne savait que devenir. Heureusement elle connaissait un homme fort célèbre à cette époque. Vous avez entendu parler du comte de Saint-Germain, dont on débite tant de merveilles. Vous savez qu'il se donnait pour le Juif errant, possesseur de l'élixir de vie et de la pierre philosophale. Quelques-uns se moquaient de lui comme d'un charlatan. Casanova, dans ses *Mémoires*, dit qu'il était espion. Quoi qu'il en soit, malgré le mystère de sa vie, Saint-Germain avait fort bonne apparence et était vraiment un homme aimable. Encore aujourd'hui ma grand-mère l'aime à la folie, et elle se fâche tout rouge quand on n'en parle pas avec respect. Elle décida de recourir à lui, et lui écrivit un billet pour le prier de passer chez elle. Le vieil original accourut aussitôt et la trouva plongée dans le désespoir. En deux mots, elle le mit au fait, lui raconta sous les couleurs les plus noires la cruauté de son mari, ajoutant qu'elle n'avait plus d'espoir que dans son amitié et son obligeance. Saint-Germain, après quelques instants de réflexion : « Madame, dit-il, je pourrais facilement vous avancer l'argent qu'il vous faut ; mais je sais que vous n'auriez de repos qu'après me l'avoir remboursé, et je ne veux pas que vous sortiez d'un embarras pour vous jeter dans un autre. Il y a un moyen de vous acquitter. Il faut que vous regagniez cet argent... – Mais, mon cher comte, répondit ma grand-mère, je vous l'ai déjà dit, je n'ai plus une pistole... – Vous n'en avez pas besoin, reprit Saint-Germain :

écoutez-moi seulement. » Alors il lui apprit un secret que chacun de vous, j'en suis sûr, payerait fort cher.

Tous les jeunes officiers étaient attentifs. Tomski s'arrêta pour allumer une pipe, avala une bouffée de tabac et continua de la sorte :

– Le soir même, ma grand-mère alla à Versailles au jeu de la reine. Le duc d'Orléans tenait la banque. Ma grand-mère lui débita une petite histoire pour s'excuser de n'avoir pas encore acquitté sa dette, puis elle s'assit et se mit à ponter. Elle prit trois cartes : la première gagna ; elle doubla son enjeu sur la seconde, gagna encore, doubla sur la troisième ; bref, elle s'acquitta glorieusement.

– Pur hasard ! dit un des jeunes officiers.

– Quel conte ! s'écria Hermann.

– C'étaient donc des cartes préparées ? dit un troisième.

– Je ne le crois pas, répondit gravement Tomski.

– Comment ! s'écria Naroumof, tu as une grand-mère qui sait trois cartes gagnantes, et tu n'as pas encore su te les faire indiquer ?

– Ah ! c'est là le diable ! reprit Tomski. Elle avait quatre fils dont mon père était un. Tous les quatre furent des joueurs déterminés, et pas un seul n'a pu lui tirer son secret, qui pourtant leur aurait fait grand bien et à moi aussi. Mais écoutez ce que m'a raconté mon oncle, le comte Ivan Ilitch, et j'ai sa parole d'honneur. Tchaplitzki, – vous savez, celui qui est mort dans la misère après avoir mangé des millions, – un jour, dans sa jeunesse, perdit contre Zoritch environ trois cent mille roubles. Il était au désespoir. Ma grand-mère, qui n'était guère indulgente pour les fredaines des jeunes gens, je ne sais pourquoi, faisait exception à ses habitudes en faveur de Tchaplitzki : elle lui donna trois cartes à jouer l'une après l'autre, en exigeant sa parole de ne plus jouer ensuite de sa vie. Aussitôt Tchaplitzki alla trouver Zoritch et lui demanda sa revanche. Sur la première carte, il mit cinquante mille roubles. Il gagna, fit paroli ;

en fin de compte, avec ses trois cartes, il s'acquitta et se trouva même en gain... Mais voilà six heures ! Ma foi, il est temps d'aller se coucher.

Chacun vida son verre, et l'on se sépara. En effet, il commençait déjà à faire jour.

2

– Il paraît que monsieur est décidément pour les suivantes.
– Que voulez-vous, madame ? Elles sont plus fraîches.

Conversation mondaine.

La vieille comtesse Anna Fedotovna était dans son cabinet de toilette, assise devant une glace. Trois femmes de chambre l'entouraient : l'une lui présentait un pot de rouge, une autre une boîte d'épingles noires ; une troisième tenait un énorme bonnet de dentelle avec des rubans couleur de feu. La comtesse n'avait plus la moindre prétention à la beauté ; mais elle conservait les habitudes de sa jeunesse, s'habillait à la mode d'il y a cinquante ans, et mettait à sa toilette tout le temps et toute la pompe d'une petite maîtresse du siècle passé. Sa demoiselle de compagnie travaillait à un métier dans l'embrasure de la fenêtre.

– Bonjour, grand-maman, dit un jeune officier en entrant dans le cabinet ; bonjour, mademoiselle Lise. Grand-maman, c'est une requête que je viens vous porter.

– Qu'est-ce que c'est, Paul ?

– Permettez-moi de vous présenter un de mes amis, et de vous demander pour lui une invitation à votre bal.

– Amène-le à mon bal, et tu me le présenteras là. As-tu été hier chez la princesse *** ?

– Assurément ; c'était délicieux ! On a dansé jusqu'à cinq heures. Mlle Eletzki était à ravir.

– Ma foi, mon cher, tu n'es pas difficile. En fait de beauté, c'est sa grand-mère la princesse Daria Petrovna qu'il fallait voir ! Mais, dis donc, elle doit être bien vieille, la princesse Daria Petrovna ?

– Comment, vieille ! s'écria étourdiment Tomski, il y a sept ans qu'elle est morte !

La demoiselle de compagnie leva la tête et fit un signe au jeune officier. Il se rappela aussitôt que la consigne était de cacher à la comtesse la mort de ses contemporains. Il se mordit la langue ; mais d'ailleurs la comtesse garda le plus beau sang-froid en apprenant que sa vieille amie n'était plus de ce monde.

– Morte ? dit-elle ; tiens, je ne le savais pas. Nous avons été nommées ensemble demoiselles d'honneur, et quand nous fûmes présentées, l'impératrice...

La vieille comtesse raconta pour la centième fois une anecdote de ses jeunes années.

– Paul, dit-elle en finissant, aide-moi à me lever. Lisanka, où est ma tabatière ?

Et, suivie de ses trois femmes de chambre, elle passa derrière un grand paravent pour achever sa toilette. Tomski demeurait en tête à tête avec la demoiselle de compagnie.

– Quel est ce monsieur que vous voulez présenter à Madame ? demanda à voix basse Lisabeta Ivanovna.

– Naroumof. Vous le connaissez ?

– Non. Est-il militaire ?

– Oui.

– Dans le génie ?

– Non, dans les chevaliers-gardes. Pourquoi donc croyiez-vous qu'il était dans le génie ?

La demoiselle de compagnie sourit, mais ne répondit pas.

– Paul ! cria la comtesse de derrière son paravent, envoie-moi un roman nouveau, n'importe quoi ; seulement, vois-tu, pas dans le goût d'aujourd'hui.

– Comment vous le faut-il, grand-maman ?

– Un roman où le héros n'étrangle ni père ni mère

et où il n'y ait pas de noyés. Rien ne me fait plus de peur que les noyés.

– Où trouver à présent un roman de cette espèce ? En voudriez-vous un russe ?

– Bah ! est-ce qu'il y a des romans russes ? Tu m'en enverras un ; n'est-ce pas, tu ne l'oublieras pas.

– Je n'y manquerai pas. Adieu, grand-maman, je suis bien pressé. Adieu, Lisabeta Ivanovna. Pourquoi donc vouliez-vous que Naroumof fût dans le génie ?

Et Tomski sortit du cabinet de toilette.

Lisabeta Ivanovna, restée seule, laissa son ouvrage et se mit à regarder par la fenêtre. Aussitôt, dans la rue, à l'angle d'une maison voisine, parut un jeune officier. Elle rougit, reprit son ouvrage et baissa le nez sur son canevas. En ce moment, la comtesse entra, complètement habillée.

– Lisanka, dit-elle, fais atteler ; nous allons faire un tour de promenade.

Lisabeta se leva aussitôt et se mit à ranger sa tapisserie.

– Eh bien, qu'est-ce que c'est ? Petite, es-tu sourde ? Va dire qu'on attelle tout de suite.

– J'y vais, répondit la demoiselle de compagnie, et elle courut dans l'antichambre.

Un domestique entra, apportant des livres de la part du prince Paul Alexandrovitch.

– Bien des remerciements. – Lisanka ! Lisanka ! où court-elle comme cela ?

– J'allais m'habiller, madame.

– Nous avons le temps, petite. Assieds-toi, prends le premier volume, et lis-moi.

La demoiselle de compagnie prit le livre et lut quelques lignes.

– Plus haut ! dit la comtesse. Qu'as-tu donc ? Est-ce que tu es enrouée ? Attends, approche-moi ce tabouret... Plus près... Bon.

Lisabeta Ivanovna lut encore deux pages ; la comtesse bâilla.

– Jette cet ennuyeux livre, dit-elle ; quel fatras ! Renvoie cela au prince Paul, et fais-lui bien mes remerciements... Et cette voiture, est-ce qu'elle ne viendra pas ?

– La voici, répondit Lisabeta Ivanovna, en regardant par la fenêtre.

– Eh bien, tu n'es pas habillée ! Il faut donc toujours t'attendre ! c'est insupportable.

Lisabeta courut à sa chambre. Elle y était depuis deux minutes à peine, que la comtesse sonnait de toute sa force ; ses trois femmes de chambre entraient par une porte et le valet de chambre par une autre.

– On ne m'entend donc pas, à ce qu'il paraît ? s'écria la comtesse. Qu'on aille dire à Lisabeta Ivanovna que je l'attends.

Elle entrait en ce moment avec une robe de promenade et un chapeau.

– Enfin, mademoiselle ! dit la comtesse. Mais quelle toilette est-ce là ! Pourquoi cela ? A qui en veux-tu ! Voyons quel temps fait-il ? Il fait du vent, je crois.

– Non, Excellence, dit le valet de chambre. Au contraire, il fait bien doux.

– Vous ne savez jamais ce que vous dites. Ouvrez-moi le vasistas. Je le disais bien... Un vent affreux ! un froid glacial ! Qu'on dételle ! Lisanka, ma petite, nous ne sortirons pas. Ce n'était pas la peine de te faire si belle.

– Quelle existence ! se dit tout bas la demoiselle de compagnie.

En effet, Lisabeta Ivanovna était une bien malheureuse créature. « Il est amer, le pain de l'étranger, dit Dante ; elle est haute à franchir, la pierre de son seuil. » Mais qui pourrait dire les ennuis d'une pauvre demoiselle de compagnie auprès d'une vieille femme de qualité ? Pourtant la comtesse n'était pas méchante, mais elle avait tous les caprices d'une femme gâtée par le monde. Elle était avare, personnelle, égoïste, comme d'ailleurs toutes les vieilles gens qui ont passé l'âge d'aimer et détestent le temps présent. Jamais elle ne manquait au bal ; et là, fardée, vêtue à la mode antique, elle se tenait dans un coin, ornement hideux et indispensable du bal. Chacun, en entrant, allait lui faire un profond salut comme s'il accomplissait un rite ; après quoi, personne ne lui adressait plus la parole. Elle recevait chez elle toute la ville, observant l'étiquette dans sa rigueur et ne pouvant mettre les noms sur les figures. Ses nombreux domestiques, engraissés et blanchis dans son antichambre, ne faisaient que ce qu'ils voulaient, et pillaient à l'envi la vieille moribonde. Lisabeta Ivanovna passait sa vie dans un supplice continuel. Elle servait le thé, et on lui reprochait le sucre gaspillé. Elle lisait des romans à la comtesse, qui la rendait responsable de toutes les sottises des auteurs. Elle accompagnait la noble dame dans ses promenades, et c'était à elle qu'on s'en prenait du mauvais pavé et du mauvais temps. Ses appointements, plus que modestes, n'étaient jamais régulièrement payés, et l'on exigeait qu'elle s'habillât *comme tout le monde*, c'est-à-dire comme fort peu de gens. Dans la société son rôle était aussi triste. Tous la connaissaient, personne ne la distinguait. Au bal, elle dansait, mais seulement lorsqu'on avait besoin d'un vis-à-vis. Les femmes venaient la prendre par la main et l'emmenaient hors du salon quand il fallait arranger quelque chose à leur toilette. Elle avait de l'amour-propre et sentait profondément la misère de sa position. Elle attendait avec impatience un libérateur pour briser ses chaînes ; mais les jeunes gens, prudents au milieu de leur étourderie affectée, se gardaient bien de l'honorer de leurs attentions, et cependant Lisabeta Ivanovna était cent fois plus jolie que ces demoiselles ou effrontées ou stupides qu'ils entouraient de leurs hommages. Plus d'une fois, quittant doucement le luxe et l'ennui du salon, elle allait s'enfermer seule dans sa petite chambre meublée d'un vieux paravent tendu de papier peint, d'une commode, d'un petit miroir et d'un lit en bois peint ; là, elle pleurait tout à son aise, à la lueur d'une chandelle de suif dans un chandelier de laiton.

Une fois, c'était deux jours après la soirée chez

Naroumof et une semaine avant la scène que nous venons d'esquisser, un matin, Lisabeta était assise à son métier devant la fenêtre, quand promenant un regard distrait dans la rue, elle aperçut un officier du génie, immobile, les yeux fixés sur elle. Elle baissa la tête et se remit à son travail. Au bout de cinq minutes, elle regarda machinalement dans la rue, l'officier était à la même place. N'ayant pas l'habitude de coqueter avec les jeunes gens qui passaient sous ses fenêtres, elle demeura les yeux fixés sur son métier pendant près de deux heures, jusqu'à ce qu'on vînt l'avertir pour dîner. Alors il fallut se lever et ranger ses affaires, et pendant ce mouvement elle revit l'officier à la même place. Cela lui sembla fort étrange. Après le dîner, elle s'approcha de la fenêtre avec une certaine émotion, mais l'officier du génie n'était plus dans la rue. Elle cessa d'y penser.

Deux jours après, sur le point de monter en voiture avec la comtesse, elle le revit planté droit devant la porte, la figure à demi cachée par un collet de fourrure, mais ses yeux noirs étincelaient sous son chapeau. Lisabeta eut peur sans trop savoir pourquoi, et s'assit en tremblant dans la voiture.

De retour à la maison, elle courut à la fenêtre avec un battement de cœur ; l'officier était à sa place habituelle, fixant sur elle un regard ardent. Aussitôt elle se retira, mais brûlante de curiosité et en proie à un sentiment qu'elle éprouvait pour la première fois.

Depuis lors il ne se passa pas de jour que le jeune ingénieur ne vînt rôder sous sa fenêtre. Bientôt, entre elle et lui s'établit une connaissance muette. Assise à son métier, elle avait le sentiment de sa présence ; elle relevait la tête, et chaque jour le regardait plus longtemps. Le jeune homme semblait plein de reconnaissance pour cette innocente faveur : elle voyait avec ce regard profond et rapide de la jeunesse qu'une vive rougeur couvrait les joues pâles de l'officier, chaque fois que leurs yeux se rencontraient. Au bout d'une semaine, elle se prit à lui sourire.

Lorsque Tomski demanda à sa grand-mère la permission de lui présenter un de ses amis, le cœur de la pauvre fille battit bien fort, et, lorsqu'elle sut que Naroumof était dans les gardes à cheval, elle se repentit cruellement d'avoir compromis son secret en le livrant à un étourdi.

Hermann était le fils d'un Allemand établi en Russie, qui lui avait laissé un petit capital. Fermement résolu à conserver son indépendance, il s'était fait une loi de ne pas toucher à ses revenus, vivait de sa solde et ne se passait pas la moindre fantaisie. Il était peu communicatif, ambitieux, et sa réserve fournissait rarement à ses camarades l'occasion de s'amuser à ses dépens. Il avait des passions violentes, une imagination désordonnée, mais il était toujours maître de lui et avait su se préserver des égarements ordinaires de la jeunesse. Ainsi, né joueur, jamais il n'avait touché une carte, parce qu'il comprenait que sa position ne lui permettait pas (il le disait lui-même) de sacrifier le nécessaire dans l'espérance d'acquérir le superflu ; et cependant il passait des nuits entières devant un tapis vert, suivant avec une anxiété fébrile les chances rapides du jeu.

L'anecdote des trois cartes du comte de Saint-Germain avait fortement frappé son imagination, et toute la nuit il ne fit qu'y penser. – Si pourtant, se disait-il le lendemain soir, en se promenant dans les rues de Pétersbourg, si la vieille comtesse me confiait son secret ? si elle voulait seulement m'indiquer ces trois cartes gagnantes !... Il faut que je me fasse présenter, que je gagne sa confiance, que je lui fasse la cour... Oui ! et elle a quatre-vingt-sept ans ! Elle peut mourir cette semaine, demain peut-être... D'ailleurs, cette histoire... y a-t-il un mot de vrai là-dedans ? Non ; l'économie, la tempérance, le travail, voilà mes trois cartes gagnantes ! C'est avec elles que je doublerai, que je décuplerai mon capital. Ce sont elles qui m'assureront l'indépendance et le bien-être.

Rêvant de la sorte, il se trouva dans une des grandes

rues de Pétersbourg, devant une maison d'assez vieille architecture. La rue était encombrée de voitures, défilant une à une devant une façade splendidement illuminée. Il voyait sortir de chaque portière ouverte tantôt le petit pied d'une jeune femme, tantôt la botte à l'écuyère d'un général, cette fois un bas à jours, cette autre un soulier diplomatique. Pelisses et manteaux passaient en procession devant un Suisse gigantesque ; Hermann s'arrêta.

– À qui appartient cette maison ? demanda-t-il à un garde de nuit *(boudoutchnick)* rencogné dans sa guérite.

– À la comtesse***.

Hermann tressaillit. L'histoire des trois cartes se représenta à son imagination. Il se mit à tourner autour de la maison, pensant à la femme qui l'occupait, à son pouvoir mystérieux. De retour enfin dans son taudis, il fut longtemps avant de s'endormir, et, lorsque le sommeil s'empara de ses sens, il vit danser devant ses yeux des cartes, un tapis vert, des tas de ducats et de billets de banque. Il se voyait faisant paroli sur paroli, gagnant toujours, empochant des piles de ducats et bourrant son portefeuille de billets. À son réveil, il soupira de ne plus trouver ses trésors fantastiques, et, pour se distraire, il alla de nouveau se promener par la ville. Bientôt il fut en face de la maison de la comtesse***. Une force invincible l'entraînait. Il s'arrêta et regarda aux fenêtres. Derrière une vitre, il aperçut une jeune tête avec de beaux cheveux noirs, penchée gracieusement sur un livre, sans doute, ou sur un métier. La tête se releva ; il vit un frais visage et des yeux noirs.

Cet instant-là décida de son sort.

3

Vous m'écrivez, mon ange, des lettres de quatre pages plus vite que je ne puis les lire.
Correspondance.

Lisabeta Ivanovna n'eut pas plus tôt enlevé manteau et chapeau que la comtesse l'envoya chercher, et fit de nouveau atteler son coupé. Elles s'apprêtaient à y monter. À l'instant où deux laquais soulevaient et hissaient péniblement la vieille dame sur le marchepied, Lisabeta Ivanovna aperçut son officier tout près de la roue ; il lui saisit la main. Avant qu'elle eût pu se remettre de sa frayeur, le jeune homme avait disparu ; une lettre lui restait dans la main. Elle la cacha sous son gant, et, durant tout le trajet, n'entendit rien, ne vit rien. En voiture, la comtesse avait l'habitude de poser sans cesse des questions : « Qui vient de passer ? Comment s'appelle ce pont ? Qu'est-ce qu'il y a d'inscrit sur cette enseigne ? » Cette fois, Lisabeta Ivanovna répondit tout de travers, ce qui mit en colère la comtesse.

« Qu'as-tu donc aujourd'hui, petite ? As-tu perdu le sens ? Tu n'entends pas, ou tu ne comprends pas ? Dieu merci, je ne grasseye pas, et je n'ai pas encore perdu la tête, hein ? »

Lisabeta Ivanovna ne l'écoutait pas. De retour à la maison, elle courut s'enfermer dans sa chambre et tira la lettre de son gant. Elle n'était pas cachetée, Lisabeta la lut. La lettre contenait des protestations d'amour. Elle était tendre, respectueuse, et mot pour mot traduite d'un roman allemand ; mais Lisabeta ne savait pas l'allemand, et en fut fort contente.

Seulement, elle se trouvait bien embarrassée. Pour la première fois de sa vie, elle avait un secret. Être en correspondance avec un jeune homme ! Sa témérité la faisait frémir. Elle se reprochait son imprudence, et ne savait quel parti prendre.

Cesser de travailler à la fenêtre, et, à force de froideur, dégoûter le jeune officier de sa poursuite, – lui renvoyer sa lettre, – lui répondre d'une manière ferme et décidée ? Elle n'avait ni amie ni conseiller ; elle se résolut à répondre.

Elle s'assit à sa table, prit du papier et une plume, et médita profondément. Plus d'une fois elle commença une phrase, puis déchira la feuille. Le billet était tantôt trop sec, tantôt il manquait d'une juste réserve. Enfin, à grand-peine elle réussit à composer quelques lignes dont elle fut satisfaite : « Je sais, écrivit-elle, que vos intentions sont celles d'un galant homme, et que vous ne voudriez pas m'offenser par une conduite irréfléchie ; mais vous comprendrez que notre connaissance ne peut commencer de la sorte. Je vous renvoie votre lettre, et j'espère que vous ne me donnerez pas lieu de regretter mon imprudence. »

Le lendemain, aussitôt qu'elle aperçut Hermann, elle quitta son métier, passa dans le salon, ouvrit le vasistas, et jeta la lettre dans la rue, comptant bien que le jeune officier ne la laisserait pas s'égarer. En effet, Hermann la ramassa aussitôt, et entra dans une boutique de confiseur pour la lire. N'y trouvant rien de décourageant, il rentra chez lui assez content du début de son intrigue amoureuse.

Trois jours après, une jeune personne aux yeux fort éveillés vint demander à parler à mademoiselle Lisabeta de la part d'une marchande de modes. Lisabeta ne la reçut pas sans inquiétude, prévoyant quelque mémoire arriéré ; mais sa surprise fut grande lorsqu'en ouvrant un papier qu'on lui remit elle reconnut l'écriture de Hermann.

– Vous vous trompez, mademoiselle, cette lettre n'est pas pour moi.

– Je vous demande bien pardon, répondit la modiste avec un sourire malin. Prenez donc la peine de la lire.

Lisabeta y jeta les yeux. Hermann demandait un entretien.

– C'est impossible ! s'écria-t-elle, effrayée de la hardiesse de la demande et de la manière dont elle lui était transmise. Cette lettre n'est pas pour moi !

Et elle la déchira en mille morceaux.

– Si cette lettre n'est pas pour vous, mademoiselle, pourquoi la déchirez-vous ? reprit la modiste. Il fallait la renvoyer à la personne à qui elle était destinée.

– Mon Dieu ! ma bonne, excusez-moi, dit Lisabeta toute déconcertée ; ne m'apportez plus jamais de lettres, je vous en prie, et dites à celui qui vous envoie qu'il devrait rougir de son procédé.

Mais Hermann n'était pas homme à lâcher prise. Chaque jour Lisabeta recevait une lettre nouvelle, arrivant tantôt d'une manière, tantôt d'une autre. Maintenant ce n'étaient plus des traductions de l'allemand qu'on lui envoyait. Hermann écrivait sous l'empire d'une passion violente, et parlait une langue qui était bien la sienne. Lisabeta ne put tenir contre ce torrent d'éloquence. Elle reçut les lettres de bonne grâce, et bientôt y répondit. Chaque jour, ses réponses devenaient plus longues et plus tendres. Enfin, elle lui jeta par la fenêtre le billet suivant :

« Aujourd'hui il y a bal chez l'ambassadeur de ***. La comtesse y va. Nous y resterons jusqu'à deux heures. Voici comment vous pourrez me voir sans témoins. Dès que la comtesse sera partie, vers onze heures, les gens ne manquent pas de s'éloigner. Il ne restera que le Suisse dans le vestibule, mais lui aussi regagne d'ordinaire sa loge. Entrez dès que onze heures sonneront, et aussitôt montez rapidement l'escalier. Si vous trouvez quelqu'un dans l'antichambre, vous demanderez si la comtesse est chez elle : on vous répondra qu'elle est sortie, et alors il faudra bien se résigner et partir ; mais très probablement vous ne rencontrerez personne. Les femmes de la comtesse sont toutes ensemble dans une chambre éloignée. Arrivé dans l'antichambre, prenez à gauche, et allez tout droit devant vous jusqu'à ce que vous soyez dans la chambre à coucher de la comtesse. Là, derrière un grand paravent, vous trouverez deux portes : celle de droite ouvre dans un cabinet où la comtesse n'entre jamais, celle de gauche donne dans un corridor au bout duquel est un petit escalier tournant ; il mène à ma chambre. »

Hermann frémissait, comme un tigre, en attendant l'heure du rendez-vous. Dès dix heures, il était en faction devant la porte de la comtesse. Il faisait un temps affreux. Les vents étaient déchaînés, la neige tombait à larges flocons. Les réverbères ne jetaient qu'une lueur incertaine ; les rues étaient désertes. De temps en temps passait un fiacre fouettant une rosse maigre, et cherchant à découvrir un passant attardé. Couvert d'une mince redingote, Hermann ne sentait ni le vent ni la neige. Enfin parut la voiture de la comtesse. Il vit deux grands laquais prendre par-dessous les bras ce spectre cassé, et le déposer sur les coussins, bien empaqueté dans une énorme pelisse. Aussitôt après, enveloppée d'un petit manteau, la tête couronnée de fleurs naturelles, Lisabeta s'élança comme un trait dans la voiture. La portière se ferma, et la voiture roula sourdement sur la neige molle. Le suisse ferma la porte de la rue. Les fenêtres du premier étage devinrent sombres, le silence régna dans la maison. Hermann se promenait de long en large. Bientôt il s'approcha d'un réverbère, et regarda à sa montre. Onze heures vingt minutes. Appuyé contre le réverbère, les yeux fixés sur l'aiguille, il comptait avec impatience les minutes qui restaient. À onze heures et demie exactement, Hermann montait les degrés, ouvrait la porte de la rue, entrait dans le vestibule, en ce moment fort éclairé. Ô bonheur ! point de suisse. D'un pas ferme et rapide, il franchit l'escalier en un clin d'œil, et se trouva dans l'antichambre. Là, devant une lampe, un valet de pied dormait étendu dans une vieille bergère toute crasseuse. Hermann passa prestement devant lui. La salle et le salon étaient sombres ; la lampe de l'antichambre les éclairait faiblement. Le voilà enfin dans la chambre à coucher. Devant l'armoire sainte, remplie de vieilles images, brûlait une lampe d'or. Des fauteuils dorés, des divans aux couleurs passées et aux coussins moelleux étaient disposés symétriquement le long des murailles tendues de soieries de la Chine. On remarquait d'abord deux grands portraits peints par madame Lebrun. L'un représentait un homme de quarante ans, gros et haut en couleur, en habit vert clair, avec une plaque sur la poitrine. Le second portrait était celui d'une jeune élégante, le nez aquilin, les cheveux relevés sur les tempes, avec de la poudre et une rose sur l'oreille. Dans tous les coins, on voyait des bergers en porcelaine de Saxe, des petites boîtes de toutes formes, des pendules de Leroy, des paniers, des éventails, et les mille joujoux à l'usage des dames, grandes découvertes du siècle dernier, contemporaines des ballons de Montgolfier et du magnétisme de Mesmer. Hermann passa derrière le paravent, qui cachait un petit lit en fer. Il aperçut les deux portes : à droite celle du cabinet noir, à gauche celle du corridor. Il ouvrit cette dernière, vit le petit escalier qui conduisait chez la pauvre demoiselle de compagnie ; mais il referma cette porte, et entra dans le cabinet noir.

Le temps s'écoulait lentement. Dans la maison, tout était tranquille. La pendule du salon sonna minuit, et le silence recommença. Hermann était debout, appuyé contre un poêle sans feu. Il était calme. Son cœur battait par pulsations bien égales, comme celui d'un homme déterminé à braver tous les dangers qui s'offriront à lui, parce qu'il les sait inévitables. Il entendit sonner une heure, puis, deux heures ; puis bientôt après, le roulement lointain d'une voiture. Alors il se sentit ému malgré lui. La voiture approcha rapidement et s'arrêta. Il entendit rabattre le marchepied. Grand bruit aussitôt de domestiques courant dans les escaliers, des voix confuses ; tous les appartements s'illuminent, et trois vieilles femmes de chambre entrent à la fois dans la chambre à coucher ; enfin paraît la comtesse, à demi morte, qui se laisse tomber dans un grand fauteuil à la Voltaire. Hermann regardait par une fente. Il vit Lisabeta passer tout contre lui et il entendit son pas précipité dans le petit escalier tournant. Au fond du cœur, il sentit bien quelque chose comme un remords, mais cela passa. Son cœur redevint de pierre.

La comtesse se mit à se déshabiller devant un miroir. On lui ôta sa coiffure de roses et on sépara sa perruque poudrée de ses cheveux à elle, tout ras et tout blancs. Les épingles tombaient en pluie autour d'elle. Sa robe jaune, lamée d'argent, glissa jusqu'à ses pieds gonflés. Hermann assista malgré lui à tous les détails peu ragoûtants d'une toilette de nuit ; enfin la comtesse demeura en peignoir et en bonnet de nuit. En ce costume plus convenable à son âge, elle était un peu moins effroyable.

Comme la plupart des vieilles gens, la comtesse était tourmentée par des insomnies. Après s'être déshabillée, elle fit rouler son fauteuil dans l'embrasure d'une fenêtre et congédia ses femmes. On éteignit les bougies, et la chambre ne fut plus éclairée que par la lampe qui brûlait devant les saintes images. La comtesse, toute jaune, toute ratatinée, les lèvres pendantes, se balançait doucement à droite et à gauche. Dans ses yeux ternes on lisait l'absence de la pensée ; et, en la regardant se brandiller ainsi, on eût dit qu'elle ne se mouvait pas par l'action de la volonté, mais par celle d'un secret courant galvanique.

Tout à coup ce visage de mort changea d'expression. Les lèvres cessèrent de trembler, les yeux s'animèrent. Devant la comtesse, un inconnu venait de paraître : c'était Hermann.

– N'ayez pas peur, madame, dit Hermann à voix basse, mais en accentuant bien ses mots. Pour l'amour de Dieu, n'ayez pas peur. Je ne veux pas vous faire le moindre mal. Au contraire, c'est une grâce que je viens implorer de vous.

La vieille le regardait en silence, comme si elle ne comprenait pas. Il crut qu'elle était sourde, et, se penchant à son oreille, il répéta son exorde. La comtesse continua à garder le silence.

– Vous pouvez, continua Hermann, assurer le bonheur de toute ma vie, et sans qu'il vous en coûte rien... Je sais que vous pouvez me dire trois cartes qui...

Hermann s'arrêta. La comtesse comprit sans doute ce qu'on voulait d'elle ; peut-être cherchait-elle une réponse. Elle dit :

– C'était une plaisanterie... je vous le jure, une plaisanterie.

– Non, madame, répliqua Hermann d'un ton colère. Souvenez-vous de Tchaplitzki, que vous fîtes gagner...

La comtesse parut troublée. Un instant, ses traits exprimèrent une vive émotion, mais bientôt ils reprirent leur impassibilité première.

– Ne pouvez-vous pas, dit Hermann, m'indiquer ces trois cartes gagnantes ?

La comtesse se taisait ; il continua :

– Pourquoi garder pour vous ce secret ? – Pour vos petits-fils ? Ils sont riches sans cela. Ils ne savent pas le prix de l'argent. À quoi leur serviraient vos trois cartes ? Ce sont des débauchés. Celui qui ne sait pas garder son patrimoine mourra dans l'indigence, eût-il la science des démons à ses ordres. Je suis un homme rangé, moi ; je connais le prix de l'argent. Vos trois cartes ne seront pas perdues pour moi. Allons...

Il s'arrêta, attendant une réponse en tremblant. La comtesse ne disait mot.

Hermann se mit à genoux.

– Si votre cœur a jamais connu l'amour, si vous vous rappelez ses douces extases, si vous avez jamais souri au cri d'un nouveau-né, si quelque sentiment humain a jamais fait battre votre cœur, je vous en supplie par l'amour d'un époux, d'un amant, d'une mère, par tout ce qu'il y a de saint dans la vie, ne rejetez pas ma prière. Révélez-moi votre secret ! – Voyons ! Peut-être se lie-t-il à quelque péché terrible, à la perte de votre bonheur éternel ? N'auriez-vous pas fait quelque pacte diabolique ?... Pensez-y, vous êtes bien âgée, vous n'avez plus longtemps à vivre. Je suis prêt à prendre sur mon âme tous vos péchés, à en répondre seul devant Dieu ! – Dites-moi votre secret ! – Songez que le bonheur d'un homme se trouve entre vos mains, que non seulement moi, mais mes enfants, mes petits-enfants, nous bénirons tous votre mémoire et vous vénérerons comme une sainte.

La vieille comtesse ne répondit pas un mot.

Hermann se releva.

– Maudite vieille, s'écria-t-il en grinçant des dents, je saurai bien te faire parler !

Et il tira un pistolet de sa poche.

À la vue du pistolet, la comtesse, pour la seconde fois, montra une vive émotion. Sa tête branla plus fort, elle étendit ses mains comme pour écarter l'arme, puis, tout d'un coup, se renversant en arrière, elle demeura immobile.

– Allons ! cessez de faire l'enfant, dit Hermann en lui saisissant la main. Je vous adjure pour la dernière fois. Voulez-vous me dire vos trois cartes, oui ou non ?

La comtesse ne répondit pas. Hermann s'aperçut qu'elle était morte.

4

7 mai 18..
Homme sans mœurs et sans religion !
Correspondance.

Lisabeta Ivanovna était assise dans sa chambre, encore en toilette de bal, plongée dans une profonde méditation. De retour à la maison, elle s'était hâtée de congédier sa femme de chambre à moitié endormie en lui disant qu'elle n'avait besoin de personne pour se déshabiller, et elle était montée dans son appartement, tremblant d'y trouver Hermann, désirant de même ne l'y pas trouver. Du premier coup d'œil elle s'assura de son absence et remercia le hasard qui avait fait manquer leur rendez-vous. Elle s'assit toute pensive, sans songer à changer de toilette et se mit à repasser dans sa mémoire toutes les circonstances d'une liaison commencée depuis si peu de temps, et qui pourtant l'avait déjà menée si loin. Trois semaines s'étaient à peine écoulées depuis que de sa fenêtre elle avait aperçu le jeune officier, et déjà elle lui avait écrit, et il avait réussi à obtenir d'elle un rendez-vous la nuit. Elle savait son nom, uniquement parce qu'il avait signé quelques-unes de ses lettres, mais jamais il ne lui avait adressé la parole ; elle ne connaissait pas le son de sa voix. Jusqu'à ce soir-là même, chose étrange, elle n'avait jamais entendu parler de lui. Ce soir-là, Tomski, croyant s'apercevoir que la jeune princesse Pauline***, auprès de laquelle il était fort assidu, coquetait, contre son habitude, avec un autre que lui, avait voulu s'en venger en faisant parade d'indifférence. Dans ce beau dessein, il avait invité Lisabeta pour une interminable mazurka. Il lui fit force plaisanteries sur sa partialité pour les officiers de l'arme du génie, et, tout en feignant d'en savoir beaucoup plus qu'il n'en disait, il arriva que quelques-unes de ses plaisanteries tombèrent si juste, que plus d'une fois Lisabeta put croire que son secret était découvert.

– Mais enfin, dit-elle en souriant, de qui tenez-vous tout cela ?

– D'un ami de l'officier que vous savez. D'un homme très original.

– Et quel est cet homme si original ?

– Il s'appelle Hermann.

Elle ne répondit rien, mais elle sentit ses mains et ses pieds se glacer.

– Hermann est un héros de roman, continua Tomski. Il a le profil de Napoléon et l'âme de Méphistophélès. Je crois qu'il a au moins trois crimes sur la conscience. Comme vous êtes pâle !

– J'ai la migraine. – Eh bien ! que vous a dit ce M. Hermann ? N'est-ce pas ainsi que vous l'appelez ?

– Hermann est très mécontent de son ami, de l'officier du génie que vous connaissez. Il dit qu'à sa place il en userait autrement. Et puis, je parierais que Hermann a ses projets sur vous. Du moins il paraît écouter avec un intérêt fort étrange les confidences de son ami...

– Et où m'a-t-il vue ?

– À l'église peut-être ; à la promenade, Dieu sait où, peut-être dans votre chambre pendant que vous dormiez. Il est capable de tout...

En ce moment, trois dames s'avançant, selon les us de la mazurka, pour l'inviter à choisir entre *oubli* ou *regret*[1], interrompirent une conversation qui excitait douloureusement la curiosité de Lisabeta Ivanovna.

1. Chacun de ces mots désigne une dame. Le cavalier en répète un au hasard et doit exécuter une figure avec la dame à qui appartient ce mot choisi.

La dame qui, en vertu de ces infidélités que la mazurka autorise, venait d'être choisie par Tomski, était la princesse Pauline. Il y eut entre eux une grande explication pendant les évolutions répétées que la figure les obligeait à faire et la conduite très lente jusqu'à la chaise de la dame à sa place. De retour, Tomski ne pensait plus ni à Hermann ni à Lisabeta Ivanovna. Elle essaya vainement de continuer la conversation, mais la mazurka finit, et aussitôt après la vieille comtesse se leva pour sortir.

Les phrases mystérieuses de Tomski n'étaient autre chose que des platitudes à l'usage de la mazurka, mais elles étaient entrées profondément dans le cœur de la pauvre demoiselle de compagnie. Le portrait ébauché par Tomski lui parut d'une ressemblance frappante, et, grâce à son érudition romanesque, elle voyait dans le visage assez insignifiant de son adorateur de quoi la charmer et l'effrayer tout à la fois. Elle était assise les mains dégantées, les épaules nues ; sa tête parée de fleurs tombait sur sa poitrine, quand tout à coup la porte s'ouvrit, et Hermann entra. Elle tressaillit.

– Où étiez-vous ? lui demanda-t-elle toute tremblante.

– Dans la chambre à coucher de la comtesse, répondit Hermann. Je la quitte à l'instant : elle est morte.

– Bon Dieu !... Que dites-vous !

– Et je crains, continua-t-il, d'être cause de sa mort.

Lisabeta Ivanovna le regardait tout effarée, et la phrase de Tomski lui revint à la mémoire : « Il a au moins trois crimes sur la conscience ! » Hermann s'assit auprès de la fenêtre, et lui raconta tout.

Elle l'écouta avec épouvante. Ainsi, ces lettres si passionnées, ces expressions brûlantes, cette poursuite si hardie, si obstinée, tout cela, l'amour ne l'avait pas inspiré. L'argent seul, voilà ce qui enflammait son âme. Elle qui n'avait que son cœur à lui offrir, pouvait-elle le rendre heureux ? Pauvre enfant ! elle avait été l'instrument aveugle d'un voleur, du meurtrier de sa vieille bienfaitrice. Elle pleurait amèrement dans l'agonie de son repentir. Hermann la regardait en silence ; mais ni les larmes de l'infortunée, ni sa beauté rendue plus touchante par la douleur ne pouvaient ébranler cette âme de fer. Il n'avait pas un remords en songeant à la mort de la comtesse. Une seule pensée le déchirait, c'était la perte irréparable du secret dont il avait attendu sa fortune.

– Mais vous êtes un monstre ! s'écria Lisabeta après un long silence.

– Je ne voulais pas la tuer, répondit-il froidement ; mon pistolet n'était pas chargé.

Ils demeurèrent longtemps sans se parler, sans se regarder. Le jour venait, Lisabeta éteignit la chandelle qui brûlait dans la bobèche. La chambre s'éclaira d'une lumière blafarde. Elle essuya ses yeux noyés de pleurs et les leva sur Hermann. Il était toujours près de la fenêtre, les bras croisés, fronçant le sourcil. Dans cette attitude, il lui rappela involontairement le portrait de Napoléon. Cette ressemblance frappa même Lisabeta Ivanovna.

– Comment vous faire sortir d'ici ? lui dit-elle enfin. Je pensais à vous faire sortir par l'escalier dérobé, mais il faudrait passer par la chambre de la comtesse, et j'ai trop peur...

– Dites-moi seulement où je trouverai cet escalier dérobé ; j'irai bien seul.

Elle se leva, chercha dans un tiroir une clé qu'elle remit à Hermann, en lui donnant tous les renseignements nécessaires. Hermann prit sa main glacée, déposa un baiser sur son front qu'elle baissait, et sortit.

Il descendit l'escalier tournant et entra dans la chambre de la comtesse. Elle était assise dans son fauteuil, toute roide ; les traits de son visage n'étaient point contractés. Il s'arrêta devant elle, et la contempla quelque temps comme pour s'assurer de l'effrayante réalité ; puis il entra dans le cabinet noir, et, en tâtant la tapisserie, découvrit une petite porte qui ouvrait sur un escalier. En descendant, d'étranges idées lui vinrent en tête.

– Par cet escalier, se disait-il, il y a quelque soixante ans, à pareille heure, sortant de cette chambre à coucher, en habit brodé, coiffé *à l'oiseau royal*, serrant son chapeau à trois cornes contre sa poitrine, on aurait pu surprendre quelque galant, enterré depuis de longues années, et, aujourd'hui même, le cœur de sa vieille maîtresse a cessé de battre.

Au bout de l'escalier, il trouva une autre porte que sa clé ouvrit. Il entra dans un corridor, et bientôt il gagna la rue.

5

*Cette nuit m'est apparue la défunte baronne von W***.*
Elle était tout de blanc vêtue et m'a dit : « Bonjour, Monsieur le Conseiller ! »

SWEDENBORG.

Trois jours après cette nuit fatale, à neuf heures du matin, Hermann entrait dans le couvent de ***, où l'on devait rendre les derniers devoirs à la dépouille mortelle de la vieille comtesse. Il n'avait pas de remords, et cependant il ne pouvait se dissimuler qu'il était l'assassin de cette pauvre femme. N'ayant que peu de foi, il avait beaucoup de superstition. Persuadé que la comtesse morte pouvait exercer une maligne influence sur sa vie, il s'était imaginé qu'il apaiserait ses mânes en assistant à ses funérailles.

L'église était pleine de monde, et il eut beaucoup de peine à trouver place. Le corps était disposé sur un riche catafalque, sous un baldaquin de velours. La comtesse était couchée dans sa bière, les mains jointes sur la poitrine, avec une robe de satin blanc et des coiffes de dentelle. Autour du catafalque, la famille était réunie ; les domestiques en cafetan noir, avec un nœud de rubans armoriés sur l'épaule, un cierge à la main ; les parents en grand deuil, enfants, petits-enfants, arrière-petits-enfants, personne ne pleurait ; les larmes eussent passé pour *une affectation*. La comtesse était si vieille, que sa mort ne pouvait surprendre personne, et l'on s'était accoutumé depuis longtemps à la regarder comme déjà hors de ce monde. Un jeune prélat prononça l'oraison funèbre. Dans quelques phrases simples et touchantes, il peignit le départ final du juste, qui a passé de longues années dans les préparatifs attendrissants d'une fin chrétienne. « L'ange de la mort l'a enlevée, dit l'orateur, au milieu de l'allégresse de ses pieuses méditations et dans l'attente du FIANCÉ DE MINUIT. » Le service s'acheva dans le recueillement convenable. Alors les parents vinrent faire leurs derniers adieux à la défunte. Après eux, en longue procession, tous les invités à la cérémonie s'inclinèrent pour la dernière fois devant celle qui, depuis tant d'années, avait pris part à leurs amusements frivoles. La maison de la comtesse s'avança la dernière. On remarquait une vieille gouvernante du même âge que la défunte, soutenue par deux femmes. Elle n'avait pas la force de s'agenouiller, mais des larmes coulèrent de ses yeux quand elle baisa la main de sa maîtresse.

À son tour, Hermann se décida à s'approcher du cercueil. Il se prosterna un moment sur les dalles jonchées de branches de sapin. Puis il se leva, et pâle comme la mort, il monta les degrés du catafalque et s'inclina... quand tout à coup il lui sembla que la morte le regardait d'un air moqueur en clignant un œil. Hermann, d'un brusque mouvement, se jeta en arrière et tomba à la renverse. On le releva. Au même instant, sur le parvis de l'église, on emportait Lisabeta Ivanovna évanouie. Cet épisode troubla pendant quelques minutes la pompe de la cérémonie funèbre ; les assistants chuchotaient, et un chambellan chafouin, proche parent de la défunte, murmura à l'oreille d'un Anglais qui se trouvait près de lui : « Ce jeune officier est un fils de la comtesse, de la main gauche, s'entend. » À quoi l'Anglais répondit froidement : « Oh ! »

Toute la journée, Hermann fut en proie à un malaise extraordinaire. Dans le restaurant solitaire où il prenait ses repas, il but beaucoup contre son habitude, dans l'espoir de s'étourdir ; mais le vin ne fit qu'allumer son imagination et donner une activité nouvelle aux idées qui le préoccupaient. Il rentra chez lui de bonne heure, se jeta tout habillé sur son lit, et s'endormit d'un sommeil de plomb.

Lorsqu'il se réveilla, il était nuit, la lune éclairait sa chambre. Il regarda l'heure ; il était trois heures moins un quart. Il n'avait plus envie de dormir. Il était assis sur son lit et pensait à l'enterrement de la vieille comtesse.

En ce moment, quelqu'un dans la rue s'approcha de la fenêtre comme pour regarder dans sa chambre, et passa aussitôt. Hermann n'y fit aucune attention. Au bout d'une minute, il entendit ouvrir la porte de son antichambre. Il crut que son dentschik[1], ivre selon son habitude, rentrait de quelque excursion nocturne ; mais bientôt il distingua un pas inconnu. Quelqu'un entrait en traînant doucement des pantoufles sur le parquet. La porte s'ouvrit, et une femme vêtue de blanc s'avança dans sa chambre. Hermann s'imagina que c'était sa vieille nourrice, et il se demanda ce qui pouvait l'amener à cette heure de la nuit ; mais la femme en blanc, traversant la chambre avec rapidité, fut en un moment au pied de son lit, et Hermann reconnut la comtesse !

– Je viens à toi contre ma volonté, dit-elle d'une voix ferme. Je suis contrainte d'exaucer ta prière. Trois – sept – as – gagneront pour toi l'un après l'autre ; mais tu ne joueras pas plus d'une carte en vingt-quatre heures, et après, pendant toute ta vie, tu ne joueras plus ! Je te pardonne ma mort, pourvu que tu épouses ma demoiselle de compagnie, Lisabeta Ivanovna.

À ces mots, elle se dirigea vers la porte et se retira en traînant encore ses pantoufles sur le parquet. Hermann l'entendit pousser la porte de l'antichambre, et vit de nouveau quelqu'un qui regardait chez lui par la fenêtre.

Hermann demeura quelque temps tout abasourdi ; il

1. Soldat, domestique d'un officier.

se leva et entra dans l'antichambre. Son dentschik, ivre comme à l'ordinaire, dormait couché sur le parquet. Il eut beaucoup de peine à le réveiller et n'en put obtenir la moindre explication. La porte de l'antichambre était fermée à clé. Hermann rentra dans sa chambre, alluma une bougie et écrivit aussitôt toutes les circonstances de sa vision.

6

– Attendez.

– Comment avez-vous osé me dire : Attendez ?

– Votre Excellence, j'ai dit : Veuillez attendre.

Deux idées fixes ne peuvent exister à la fois dans le monde moral, de même que dans le monde physique deux corps ne peuvent occuper à la fois la même place. Trois – sept – as – effacèrent bientôt dans l'imagination de Hermann l'image de feu la vieille comtesse. Trois – sept – as ne lui sortaient plus de la tête et venaient à chaque instant sur ses lèvres. Rencontrait-il une jeune personne dans la rue : – Quelle jolie taille ! disait-il ; elle ressemble à un trois de cœur. – On lui demandait l'heure ; il répondait : Sept de carreau moins un quart. Tout gros homme qu'il voyait lui rappelait un as. Trois – sept – as – le suivaient en songe, et lui apparaissaient sous maintes formes étranges. Il voyait des trois s'épanouir comme des *magnolia grandiflora*. Des sept s'ouvraient en portes gothiques ; des as se montraient suspendus comme des araignées monstrueuses. Toutes ses pensées se concentraient vers un seul but : Comment mettre à profit ce secret si chèrement acheté ? Il songeait à demander un congé pour voyager. À Paris, se disait-il, il découvrirait quelque maison de jeu où il ferait en trois coups sa fortune. Le hasard le tira bientôt d'embarras.

Il y avait à Moscou une société de joueurs riches, sous la présidence du célèbre Tchekalinski, qui avait passé toute sa vie à jouer, et qui avait amassé des millions, car il gagnait des billets de banque et ne perdait que de l'argent blanc. Sa maison magnifique, sa cuisine excellente, ses manières ouvertes lui avaient fait de nombreux amis et lui attiraient la considération générale. Il vint à Pétersbourg. Aussitôt la jeunesse accourut dans ses salons, oubliant les bals pour les soirées de jeu et préférant les émotions du tapis vert aux séductions de la coquetterie. Hermann fut conduit chez Tchekalinski par Naroumof.

Ils traversèrent une longue enfilade de pièces remplies de serviteurs polis et empressés. Il y avait foule partout. Des généraux et des conseillers privés jouaient au whist. Des jeunes gens étaient étendus sur les divans, prenant des glaces et fumant de grandes pipes. Dans le salon principal, devant une longue table autour de laquelle se serraient une vingtaine de joueurs, le maître de la maison tenait une banque de pharaon. C'était un homme de soixante ans environ, d'une physionomie douce et noble, avec des cheveux blancs comme la neige. Sur son visage plein et fleuri, on lisait la bonne humeur et la bienveillance. Ses yeux brillaient d'un sourire perpétuel. Naroumof lui présenta Hermann. Aussitôt Tchekalinski lui tendit la main, lui dit qu'il était le bienvenu, qu'on ne faisait pas de cérémonies dans sa maison, et il se remit à tailler.

La taille dura longtemps ; on pontait sur plus de trente cartes. À chaque coup, Tchekalinski s'arrêtait pour laisser aux gagnants le temps de faire des paroli, payait, écoutait civilement les réclamations, et plus civilement encore faisait abattre les cornes qu'une main distraite s'était permises.

Enfin la taille finit ; Tchekalinski mêla les cartes et se prépara à en faire une nouvelle.

– Permettez-vous que je prenne une carte ? dit Hermann allongeant la main par-dessus un gros homme qui pontait à cet endroit.

Tchekalinski, en lui adressant un gracieux sourire,

s'inclina poliment en signe d'acceptation. Naroumof complimenta en riant Hermann sur la fin de son austérité d'autrefois, et lui souhaita toute sorte de bonheur pour son début dans la carrière du jeu.

– Va ! dit Hermann après avoir écrit un chiffre sur le dos de sa carte.

– Combien ? demanda le banquier en clignant des yeux. Excusez, je ne vois pas.

– Quarante-sept mille roubles, dit Hermann.

À ces mots, toutes les têtes se levèrent, tous les regards se dirigèrent sur Hermann. Il a perdu l'esprit, pensa Naroumof.

– Permettez-moi de vous faire observer, monsieur, dit Tchekalinski avec son éternel sourire, que votre jeu est un peu fort. Jamais on ne ponte ici que deux cent soixante-quinze roubles sur le simple.

– Bon, dit Hermann ; mais faites-vous ma carte, oui ou non ?

Tchekalinski s'inclina en signe d'assentiment.

– Je voulais seulement vous faire observer, dit-il, que me flattant de la confiance de mes amis, je ne puis tailler que devant de l'argent comptant. Je suis parfaitement convaincu que votre parole vaut de l'or ; cependant, pour l'ordre du jeu et la facilité des calculs, je vous serai obligé de mettre de l'argent sur votre carte.

Hermann tira de sa poche un billet et le tendit à Tchekalinski, qui, après l'avoir examiné d'un clin d'œil, le posa sur la carte de Hermann.

Il tailla, à droite vint un neuf, à gauche un trois.

– Je gagne, dit Hermann en montrant sa carte.

Un murmure d'étonnement circula parmi les joueurs. Un moment, les sourcils du banquier se contractèrent, mais aussitôt son sourire habituel reparut sur son visage.

– Faut-il régler ? demanda-t-il au gagnant.

– Si vous avez cette bonté.

Tchekalinski tira des billets de banque de son portefeuille et paya aussitôt. Hermann empocha son gain et quitta la table. Naroumof n'en revenait pas. Hermann but un verre de limonade et rentra chez lui.

Le lendemain au soir, il revint chez Tchekalinski, qui était encore à tailler. Hermann s'approcha de la table ; cette fois, les pontes s'empressèrent de lui faire place. Tchekalinski s'inclina d'un air caressant.

Hermann attendit une nouvelle taille, puis prit une carte sur laquelle il mit ses quarante-sept mille roubles et, en outre, le gain de la veille.

Tchekalinski commença à tailler. Un valet sortit à droite, un sept à gauche.

Hermann montra un sept.

Il y eut un ah ! général. Tchekalinski était évidemment mal à son aise. Il compta quatre-vingt-quatorze mille roubles et les remit à Hermann, qui les prit avec le plus grand sang-froid, se leva et sortit aussitôt.

Il reparut le lendemain à l'heure accoutumée. Tout le monde l'attendait ; les généraux et les conseillers privés avaient laissé leur whist pour assister à un jeu si extraordinaire. Les jeunes officiers avaient quitté les divans, tous les gens de la maison se pressaient dans la salle. Tous entouraient Hermann. À son entrée, les autres joueurs cessèrent de ponter dans leur impatience de le voir aux prises avec le banquier, qui pâle, mais toujours souriant, le regardait s'approcher de la table et se disposer à jouer seul contre lui. Chacun d'eux défit à la fois un paquet de cartes. Tchekalinski mêla et Hermann coupa ; puis il prit une carte et la couvrit d'un monceau de billets de banque. On eût dit les apprêts d'un duel. Un profond silence régnait dans la salle.

Tchekalinski commença à tailler ; ses mains tremblaient. À droite, on vit sortir une dame ; à gauche un as.

– L'as gagne, dit Hermann, et il découvrit sa carte.

– Votre dame a perdu, dit Tchekalinski d'un ton de voix mielleux.

Hermann tressaillit. Au lieu d'un as, il avait devant lui une dame de pique. Il n'en pouvait croire ses yeux, et ne comprenait pas comment il avait pu se méprendre de la sorte.

À ce moment, il lui sembla voir la dame de pique cligner de l'œil et sourire. Une ressemblance extraordinaire le frappa...

– La vieille ? s'écria-t-il épouvanté.

Tchekalinski, d'un coup de râteau, ramassa tout son gain. Hermann demeura longtemps immobile, anéanti. Quand enfin il quitta la table de jeu, il y eut un moment de causerie bruyante. Un fameux ponte ! disaient les joueurs. Tchekalinski mêla les cartes, et le jeu continua.

CONCLUSION

Hermann est devenu fou. Il est à l'hôpital d'Oboukhof au n° 17. Il ne répond à aucune question et marmotte à une vitesse extraordinaire : trois – sept – as ! – trois, – sept, – dame !

Lisabeta Ivanovna vient d'épouser un jeune homme très aimable, fils de l'intendant de la défunte comtesse. Il a une bonne place, et c'est un garçon fort rangé. Lisabeta a pris chez elle une pauvre parente dont elle fait l'éducation.

Tomski a passé chef d'escadron. Il a épousé la princesse Pauline***.

Doubrovsky

1

Il y a de cela déjà quelque temps, vivait dans une de ses terres le vieux gentilhomme russe Cyrile Pétrovitch Troïékourof. Sa naissance, sa richesse et des alliances puissantes lui avaient acquis une grande considération dans le gouvernement où était situé son domaine de Pakrovsky.

Entouré de flatteurs et de parasites pour qui ses moindres caprices étaient une loi, il se livrait sans réserve à tous les écarts d'un esprit vain et borné. Ses voisins étaient à ses pieds, et il n'y avait pas un employé dans tout le district qui ne tremblât au seul nom de Troïékourof. Au reste, il n'acceptait toutes ces marques de soumission que comme un tribut légitime. Sa maison ne désemplissait pas de convives qui s'évertuaient à chasser l'ennui du vieux seigneur, toujours prêts à partager ses divertissements souvent grossiers.

Personne ne se serait avisé de refuser une invitation de Troïékourof, et l'on n'eût osé se dispenser de paraître à Pakrovsky, aux jours désignés pour faire sa cour.

De son côté, Cyrile Pétrovitch aimait à recevoir, et quoique taillé en rude viveur, il se donnait régulièrement deux indigestions par semaine, et se grisait non moins régulièrement tous les soirs.

Comme on ne peut pas toujours manger et boire, Cyrile Pétrovitch avait d'autres occupations : il visitait ses terres qui étaient nombreuses, se livrait à la débauche ou imaginait quelque mystification bien méchante

-dont un des nouveaux convives était ordinairement la victime, ce qui n'empêchait pas que les anciens habitués n'étaient guère plus épargnés, pour peu que l'occasion lui sourît.

Il y avait cependant une exception unique à cette règle, dans la personne d'André Gavrilovitch Doubrovsky. Ce dernier, officier aux gardes en retraite, était possesseur de soixante et dix âmes, et le plus proche voisin de Troïékourof. L'opulent gentilhomme, qui regardait à peine des personnages d'un rang élevé, aimait son voisin Doubrovsky tout pauvre qu'il était. Ils avaient servi ensemble dans le même régiment et Troïékourof connaissait la fierté et le caractère indomptable de son vieux compagnon d'armes.

Les circonstances les avaient séparés pendant longtemps. Tandis que Troïékourof montait de degré en degré l'échelle des grades, Doubrovsky s'était vu obligé, à cause du délabrement de sa fortune, de prendre son congé et de se retirer dans le seul petit bien qui lui restât.

Quand Cyrile Pétrovitch le sut, il lui offrit toute sorte de secours, mais Doubrovsky refusa, aimant mieux rester pauvre et indépendant.

Longtemps après, lorsque Troïékourof se fut retiré du service avec le grade de général en chef, les deux amis se retrouvèrent, et grande fut leur joie. Ils se voyaient tous les jours ; et Cyrile Pétrovitch, qui jamais ne visitait personne, ne dédaignait pas d'aller trouver Doubrovsky dans sa modeste retraite.

À la conformité de l'âge, de la naissance et de l'éducation venait se joindre celle du caractère : sauf la fortune et le rang, ils avaient eu la même destinée. Tous deux s'étaient mariés jeunes par inclination ; tous deux étaient restés veufs, et il n'était resté à chacun qu'un enfant de leur mariage. Doubrovsky faisait élever son fils à Saint-Pétersbourg ; la fille de Troïékourof était restée dans la maison paternelle ; et souvent ce dernier disait à son vieil ami : « Écoute, frère, si ton Vladimir tourne bien, je lui donnerai Marie, quoiqu'il soit pauvre comme un rat d'église. » Doubrovsky secouait la tête, et répondait : « Non, Cyrile Pétrovitch, mon Vladimir n'est pas un parti pour ta Marie. Un pauvre gentilhomme comme lui doit choisir une compagne sans fortune pour être le maître chez lui, au lieu d'épouser une riche héritière bien vaine et bien gâtée dont il serait moins le mari que le régisseur. »

Tout le monde était jaloux de l'intimité qui régnait entre Troïékourof et son voisin, et l'on n'était pas médiocrement étonné de voir un pauvre propriétaire de soixante et dix âmes donner à table son avis sans s'inquiéter le moins du monde s'il était ou non conforme à celui du maître de la maison. Quelques-uns voulurent s'autoriser de cet exemple, mais ils furent rudement remis à leur place. Cette liberté était le privilège du seul Doubrovsky.

Un incident imprévu vint tout changer :

Un soir, c'était en automne, Troïékourof avait annoncé une excursion. Déjà la veille, ordre avait été donné aux chasseurs et aux valets de meute de se tenir prêts pour le lendemain matin à cinq heures. La tente et la cuisine de campagne étaient dressées d'avance à l'endroit où Cyrile Pétrovitch comptait faire halte pour dîner.

Il s'acheminait, escorté de ses hôtes, vers le chenil où plus de cinq cents chiens de chasse et lévriers, tous parfaitement tenus et nourris, célébraient dans leur langage la munificence de leur maître.

Là, se trouvait jusqu'à une infirmerie pour les chiens malades, sous la direction spéciale du chirurgien d'état-major Timochky, à côté d'un endroit entièrement séparé destiné aux chiennes sur le point de mettre bas, et à celles qui nourrissaient leurs petits.

Cyrile Pétrovitch était fier de cet établissement unique, et cherchait toutes les occasions de le faire admirer à ses hôtes qui, de leur côté, ne tarissaient pas en éloges. Tantôt accompagné du chirurgien et des gardiens en chef, il leur montrait le chenil dans tous ses détails, tantôt il s'arrêtait devant une écurie, et s'informait en les désignant par leurs noms de la santé des chiens malades, dont il critiquait ou approuvait le traitement. Enfin, il se fit amener quelques chiens favoris qu'il accabla des plus tendres caresses.

Au milieu de l'admiration générale, le seul Doubrovsky restait silencieux et fronçait le sourcil. Lui aussi, il aimait la chasse avec passion, mais il fallait bien qu'il se contentât de deux chiens courants et d'un lévrier, et l'envie le mordait au cœur.

– Qu'as-tu, frère ? lui demanda Cyrile Pétrovitch ; est-ce que tu trouverais ici quelque chose à redire ?

– Non, répliqua Doubrovsky, le chenil est irréprochable... je réfléchissais seulement que vos gens ont la vie moins douce que vos chiens.

Un des gardiens se trouva blessé de cette remarque : grâce à Dieu et à notre maître, dit-il, nous n'avons pas à nous plaindre ! mais pour dire la vérité, il est tel seigneur qui ne ferait pas mal de changer son habitation contre le chenil de Cyrile Pétrovitch, il y serait mieux chauffé et mieux nourri.

À cette sortie impertinente, Troïékourof poussa un bruyant éclat de rire, et tous les assistants firent chorus, quoiqu'ils sentissent bien que le compliment du valet était aussi à leur adresse.

Doubrovsky gardait le silence ; il était pâle de colère. Cependant on apporta à Troïékourof une corbeille pleine de petits chiens ; il en choisit quelques-uns et ordonna de noyer les autres.

Tandis que cet incident absorbait l'attention générale, Doubrovsky s'était esquivé.

Ce ne fut que le soir, et au moment de se mettre à table que Troïékourof s'aperçut de son absence. Ses gens lui dirent qu'il s'était retiré chez lui. Il ordonna aussitôt de l'aller chercher.

Il était passé en coutume que Cyrile Pétrovitch ne chassait pas sans Doubrovsky, qui connaissait à fond le noble art de la vénerie. C'était toujours lui qui décidait en dernier ressort dans les cas douteux.

On ne s'était pas encore levé de table, lorsque le domestique revint annoncer que Doubrovsky ne voulait pas revenir.

Grande colère de Troïékourof, et nouveau message avec menace d'une rupture définitive, dans le cas où Doubrovsky ne viendrait pas immédiatement.

En attendant, Troïékourof se leva de table et congédia brusquement ses hôtes ; puis il alla se coucher.

Le lendemain matin, son premier soin fut de demander après Doubrovsky. Pour toute réponse, on lui remit un écrit cacheté. Il fit appeler son secrétaire, qui ouvrit la lettre et lut ce qui suit :

« Je ne retournerai à Pakrovsky que lorsque vous aurez envoyé chez moi le valet de meute Paramochka pour me faire des excuses : il dépendra de moi de le châtier ou de lui faire grâce. Je ne suis pas d'humeur à endurer les plaisanteries de vos gens, moi qui ne souffre pas même les vôtres. Un vieux gentilhomme n'est pas un bouffon, sur quoi je suis

« Votre dévoué serviteur,

« André DOUBROVSKY. »

Aujourd'hui une lettre ainsi conçue annoncerait l'oubli de toutes les convenances ; mais Troïékourof fut moins blessé de la forme que du fond.

– Quoi ! s'écria-t-il en sautant pieds nus de son lit ; je dois lui envoyer mes gens pour lui faire des excuses ! Il s'arrogerait le droit de les punir ou de leur faire grâce ! À quoi pense cet homme ! Ignore-t-il à qui il a affaire ? je saurai bien le lui faire voir. Il me le paiera cher ! cela lui apprendra une autre fois à se frotter à un Troïékourof !

Il s'habilla et partit pour la chasse ; mais tout allait de travers. Dans toute la journée, on ne vit qu'un lièvre, et encore fut-on obligé de le forcer. Le dîner sous la tente n'alla pas mieux ; du moins rien n'était au goût du maître. Il battit le cuisinier, injuria ses hôtes ; et à son retour il passa avec toute la chasse sur le champ de Doubrovsky.

2

Quelques jours s'étaient écoulés, et la querelle durait toujours. Doubrovsky n'était plus retourné à Pakrovsky. Troïékourof, qui s'ennuyait sans lui, exhalait sa mauvaise humeur dans les termes les plus injurieux, et ces propos, amplifiés et envenimés par les domestiques, arrivaient aux oreilles de Doubrovsky.

Un nouvel incident détruisit jusqu'à l'espoir d'un raccommodement.

Un soir que Doubrovsky visitait sa propriété, il entendit dans un bois de bouleaux le bruit d'une cognée, et bientôt après le fracas d'un arbre qui tombe. Il courut au lieu d'où venait le bruit, et aperçut quelques paysans de Pakrovsky qui se sauvaient à toutes jambes. Aidé de son cocher, il réussit à en attraper deux qu'il fit garrotter et transporter à sa demeure. Outre cette capture, l'ennemi avait laissé deux chevaux entre les mains du vainqueur. Doubrovsky était exaspéré au plus haut degré. Autrefois, les paysans de Pakrovsky, malgré leur réputation bien méritée de voleurs, n'auraient jamais osé commettre des déprédations sur ses terres ; il comprit que ces coquins comptaient exploiter la discorde des deux voisins, et il résolut de donner à ses prisonniers une verte leçon avec les mêmes verges qu'ils avaient compté dérober dans le bois ; quant aux chevaux, il jugea qu'ils expieraient suffisamment leur complicité en travaillant avec les siens.

Le même jour, le seigneur de Pakrovsky fut informé de cette nouvelle. Dans le premier ferment de sa colère, il voulait avec tous ses gens faire une expédition contre

Kisténovka (c'était le nom de la petite terre de Doubrovsky) ; n'y pas laisser debout une seule poutre, et assiéger le propriétaire lui-même dans sa maison.

Troïékourof était homme à exécuter cette mesure de violence, lorsque le hasard vint donner une autre direction à son ressentiment.

Il se promenait de long en large dans son salon, lorsqu'il aperçut de la fenêtre une troïka qui s'arrêta devant la porte de la cour. Un homme en casquette de cuir, et enveloppé d'un manteau, descendit d'un bond de cet équipage, et se dirigea vers le logement du régisseur.

Troïékourof eut bientôt reconnu l'assesseur Schabachkin. Il ordonna de le faire monter.

En moins d'une minute, le fonctionnaire était en présence du redoutable seigneur, lui faisant les salutations les plus humbles, et attendant ses ordres de l'air le plus respectueux.

– Comment vas-tu ? lui demanda Troïékourof. Ton nom ne me revient pas... Qu'as-tu à faire ici ?

– Je viens de la ville, Excellence, et je venais savoir si votre intendant n'avait pas de commission à me donner.

– Tu ne pouvais venir plus à propos... On t'appelle, dis-tu ?... j'ai justement besoin de toi. Bois un coup, et écoute bien ce que je vais dire.

Un accueil si distingué surprit agréablement l'assesseur. Il s'excusa de boire, et se mit à écouter de ses deux oreilles.

– J'ai un voisin, reprit Troïékourof, un pauvre hère, un malappris, un homme de rien. Je veux lui prendre son bien... que dis-tu de cela ?

– Votre Excellence a-t-elle quelques titres... ?

– Quelle bêtise ! des titres !... et tu dis que l'on te nomme ?... Il s'agit de lui prendre son bien, avec ou sans titres. Ce domaine nous a appartenu jadis. Il a été acheté à un certain Spitzine, puis revendu au père de Doubrovsky. Ne pourrait-on pas arguer de ce précédent ?

– Sans titres... c'est difficile, Excellence.

– Réfléchis à cela, entends-tu ? réfléchis mûrement...

– Si, par exemple, Votre Excellence pouvait, de manière ou d'autre, se procurer les titres en vertu desquels il est possesseur..., alors, assurément...

– Le malheur est justement que dans le dernier incendie, tous ses titres ont été brûlés... tu comprends ?

– Quoi ! Excellence ! tous ses papiers ont été détruits ? Voilà qui suffit. Vous n'avez qu'à réclamer légalement, et nul doute que vous n'ayez complète satisfaction.

– Tu crois ? Eh bien ! je m'en repose sur ton zèle... et tu peux compter sur ma reconnaissance.

Schabachkin s'inclina profondément et se retira.

L'assesseur prit l'affaire tellement à cœur, que grâce à l'activité de son zèle, Doubrovsky reçut dans la quinzaine une assignation pour comparaître devant le tribunal et produire les titres en vertu desquels la terre de Kisténovka lui appartenait.

À la réception de cet ordre, Doubrovsky cria et tempêta. Le même jour il écrivit au président du collège de justice une lettre assez cavalière, dans laquelle il exposait que le petit village de Kisténovka était son héritage paternel ; que ni Troïékourof ni personne n'avaient rien à y voir, et que toute prétention sur sa propriété, de quelque part qu'elle vînt, ne pouvait être qu'une œuvre de chicane et de friponnerie.

Cette lettre fut on ne peut plus agréable à Schabachkin. Il y vit d'abord la preuve que Doubrovsky n'entendait rien aux affaires ; et ensuite qu'il serait facile de compromettre un homme d'un caractère aussi irréfléchi et aussi violent.

Lorsque Doubrovsky pesa la chose de sang-froid, il comprit la nécessité de répondre à la question que lui posait le tribunal d'une manière plus précise et plus circonstanciée. Il écrivit donc de nouveau ; mais plus tard, cette pièce fut encore jugée insuffisante.

L'affaire traîna en longueur, et Doubrovsky, confiant

dans son droit, ne fit aucune démarche ; d'ailleurs il n'avait ni l'envie ni les moyens de semer l'argent dans les chancelleries, et il s'amusait de la vénalité de cette canaille, sans soupçonner qu'il pouvait devenir la victime de la malveillance et de la cupidité. De son côté, Troïékourof suivait l'affaire mollement. Le seul Schabachkin y mettait tout le zèle dont il était capable. Fort du crédit de Troïékourof, tantôt il menaçait les juges, tantôt il les achetait et torturait la loi et le droit.

Enfin, le 9 février de l'année ****, Doubrovsky fut cité devant le tribunal de la ville, à l'effet de s'entendre signifier la sentence d'un jugement, touchant une contestation de propriété entre le lieutenant Doubrovsky d'un côté, et le général en chef Troïékourof de l'autre : la citation portait aussi que ledit Doubrovsky devait ou venir signer son désistement, ou faire une déclaration contraire.

Le même jour, Doubrovsky se rendit à la ville et rencontra en chemin Troïékourof. Les deux anciens amis se toisèrent avec fierté, et Doubrovsky put remarquer un sourire haineux sur les traits de son adversaire.

Arrivé à la ville, Doubrovsky descendit chez un marchand de sa connaissance, et dès le lendemain matin il se rendit devant les juges ; à peine fit-on attention à lui : mais quand Troïékourof se présenta, tous les membres du tribunal se levèrent de leur siège pour aller à sa rencontre, et lui témoigner tout leur intérêt. Le rang, l'âge et la corpulence du personnage parurent même à ces messieurs mériter les honneurs d'un fauteuil.

Doubrovsky était du côté opposé, appuyé contre la muraille.

Un profond silence s'établit et le secrétaire, d'une voix haute et distincte, exposa l'affaire comme suit :

*Ce 27 octobre 18.., le tribunal de district de *** a examiné l'affaire de possession illicite par le lieutenant André, fils de Gabriel, Doubrovsky, d'un bien appartenant au général en chef Kirila, fils de Pierre, Troïékourof, situé* *en la province de *** et comportant ** âmes de sexe masculin dans le village de Kisténovka, gouvernement de ***, ainsi que de *** déciatines de terres, prairies et dépendances. De l'examen de cette affaire, il appert que le neuf juin de l'année 18.., ledit général Troïékourof est venu déposer devant ce même tribunal une requête selon laquelle son défunt père, l'assesseur de collège et chevalier Pierre, fils d'Euthyme, Troïékourof, alors secrétaire provincial à la chancellerie de ***, avait acheté le 14 août 17.. à l'employé de chancellerie Fadéï, fils d'Igor, Spitsine, de souche noble, un bien sis dans ce même village de Kisténovka, gouvernement de *** (localité alors désignée d'après le cadastre de *** : Kisténovka – le hameau), comportant en tout ** âmes de sexe masculin, régulièrement répertoriées lors du quatrième recensement, avec tout leur avoir, un domaine de terres arables et de friches, forêts, prairies, droit de pêche sur la rivière dite Kisténovka, tous biens dépendant de ladite propriété et une maison de maître en bois, – en un mot avait acquis sans reliquat tout ce qui avait échu en héritage à Fadéï, fils d'Igor, Spitsine, à la mort de son père, le commissaire de police rurale, Igor, fils de Terenti, Spitsine, de souche noble, et qui se trouvait alors en sa possession, sans en excepter la moindre âme ni parcelle, pour le prix de 2 500 roubles. En foi de quoi avait été dressé le jour même un acte de vente devant le tribunal de **, le père dudit Troïékourof mis en jouissance, et le transfert prononcé le 26 août par le tribunal du district de **.*

*Il appert enfin que le 6 septembre 17.., le père du plaignant vint à mourir, alors que lui, général en chef Troïékourof, se trouvait, depuis l'année 17.., presque depuis l'enfance, servir dans l'armée, la plupart du temps à l'étranger, raison pour laquelle il n'avait pu avoir connaissance ni de la mort de son père, ni de ce qu'il pouvait bien laisser après lui. Que présentement, retiré définitivement dudit service et revenu dans les propriétés de son père, composées de divers villages des gouvernements de * et de *, dans les districts de * et *, comportant* *en tout environ trois mille âmes, il constate que le susdit lieutenant de la garde André Doubrovsky se trouve en pleine jouissance, sans aucun titre de propriété, des *** âmes susdites attachées à ces propriétés (et dont le nombre s'élève dans ce village selon le dernier recensement à **) ainsi que de la terre et des dépendances. Pour cette raison, il demande, présentant à l'appui de sa plainte l'acte de vente authentique remis à son père par le vendeur Spitsine, qu'après avoir retiré ladite propriété à Doubrovsky, possesseur illégitime, on la lui rende en pleine et entière disposition à lui-même, Troïékourof. Et aussi, à cause de cette usurpation par laquelle Doubrovsky a joui des revenus, qu'on lui inflige, après enquête en bonne et due forme sur la nature desdits revenus, l'amende prévue par la loi, et que lui soient versés à lui, Troïékourof, des dommages et intérêts.*

*Après information ouverte à la suite de cette requête par le tribunal du district de ***, il résulte :*

*que le susdit propriétaire actuel du bien en litige, le lieutenant de la garde Doubrovsky, a fourni sur place l'explication selon laquelle la propriété actuellement en sa possession, sise dans le susdit village de Kisténovka, et consistant en ** âmes avec terres et dépendances, lui est échue par héritage à la mort de son père, le sous-lieutenant d'artillerie Gabriel, fils d'Eugraphe, Doubrovsky, lequel le tenait par achat du père du plaignant, l'ancien secrétaire provincial et plus tard assesseur de collège, Troïékourof, comme en fait foi la procuration enregistrée au tribunal de district de ** et transmise par lui le 30 août 17.. au conseiller titulaire Grigori, fils de Vassili, Sobolev, et selon laquelle le père du plaignant s'engageait à transmettre au père du défendeur un acte de vente de cette propriété ; où il était bien spécifié que lui, Troïékourof, avait vendu au père du défendeur Doubrovsky toute la propriété des ** âmes et d'une terre acquise par lui du commis de chancellerie Spitsine, qu'il avait reçu du père du défendeur la somme entière de 3 200 roubles en exécution du contrat, et prié son homme de confiance le* *nommé Sobolev de remettre au père du défendeur l'acte de vente susdit. Dans la même procuration, il était également stipulé que le père du défendeur, puisque celle-ci faisait foi du paiement intégral, prendrait possession de la propriété ainsi acquise, et en disposerait jusqu'à l'expédition du contrat susdit, et que lui, Troïékourof, vendeur, pas plus qu'aucun autre, ne prétendrait plus à la possession dudit bien.*

Que cependant, quand et devant quelle juridiction un tel contrat a été délivré à son père par ledit Sobolev, lui, André Doubrovsky, l'ignore, car il était en ce temps-là un enfant en bas âge, et, après la mort de son père, il n'a pu retrouver ledit titre de propriété, et se demande s'il n'a pas été détruit avec d'autres actes et effets lors de l'incendie qui eut lieu en leur maison dans l'année 17.., et dont furent témoins les habitants de la localité. Le fait que les Doubrovsky, du jour de la vente faite par Troïékourof, ou plutôt de la procuration délivrée à Sobolev, c'est-à-dire depuis 17.., et après la mort du défendant jusqu'à maintenant, aient été les propriétaires incontestés de ce bien, cela est attesté par les habitants des environs, qui, au nombre de 52, ont déclaré sous serment qu'effectivement et autant qu'ils s'en souviennent, les susdits sieurs Doubrovsky possèdent ledit bien litigieux depuis à peu près soixante-dix ans, sans aucune contestation de quiconque, mais en vertu de quel acte ou contrat au juste, ils ne le savent pas. Qu'en ce qui concerne le premier acheteur de ladite propriété, le susdit ancien secrétaire de province Pierre Troïékourof, ils ne se rappellent pas s'il en a jamais été propriétaire. Que la maison des sieurs Doubrovsky brûlât il y a une trentaine d'années à la suite d'un incendie qui éclata une nuit au village, et qu'à cette époque les gens des environs s'étaient dit que le susdit bien litigieux pouvait rapporter l'un dans l'autre un revenu qui ne devait pas être inférieur à 2 000 roubles par an.

À l'encontre de quoi le général en chef Kirila, fils de Pierre, Troïékourof, est venu déposer requête devant ce tribunal le 3 janvier de cette année, selon laquelle, bien que le susdit lieutenant de la garde André Doubrovsky ait présenté lors de l'information qui fut ouverte sur cette affaire une procuration reçue par feu son père Gabriel Doubrovsky du conseiller titulaire Sobolev afférente au bien à lui vendu, non seulement il n'a pas fourni d'acte authentique, mais encore aucune des preuves manifestes prescrites par le XIXe chapitre du règlement général, et par l'oukaze du 29 novembre 1752, de l'établissement effectif d'un acte quelconque. Et donc que la procuration elle-même est aujourd'hui parfaitement nulle, à la suite du décès de son père, en vertu de l'oukaze du .. mai 1818. Qu'en outre la loi ordonne que les propriétés soient attribuées, quand elles sont enregistrées, à partir d'actes authentiques, et, à défaut, de titres, par décision de justice.

*Au sujet de cette propriété appartenant à son père, il a déjà présenté comme preuve un acte de vente en vertu duquel, d'après les prescriptions légales susdites, il convient, une fois enlevée au susdit Doubrovsky sa possession illicite, de la lui restituer à lui, le plaignant, en vertu du droit de succession. Et vu que les sieurs susdits, en possession, sans aucun acte justificatif, d'un bien qui ne leur appartenait pas, ont régulièrement joui de ses revenus, il convient, après estimation de **, de faire payer audit Doubrovsky des dommages et intérêts à lui, Troïékourof.*

*Après examen de cette affaire, après analyse, ainsi que des lois qui s'y rapportent, le tribunal de district de ** a décidé :*

Attendu que de l'examen de cette affaire il résulte :

*Que le général en chef Kirila, fils de Pierre, Troïékourof, a présenté, concernant la propriété litigieuse présentement en possession du lieutenant de la garde André, fils de Gabriel, Doubrovsky, sise au village de Kisténovka, et comprenant d'après le dernier recensement ** âmes de sexe masculin, avec terres et dépendances, un acte authentique de la vente du bien susdit à son père, le secrétaire de province, puis assesseur de collège Fadéï Spitsine,* *de souche noble ; et qu'en outre ledit acheteur Troïékourof, comme il ressort de cet acte de vente, a été mis en possession de ladite propriété cette même année 17.. par le tribunal rural de **.*

Attendu que même si, à l'encontre de ce qui précède, le lieutenant de la garde André Doubrovsky a de son côté présenté une procuration, délivrée par le feu acheteur Troïékourof au conseiller titulaire Sobolev en vue de l'établissement d'un acte de vente à son père à lui Doubrovsky, il demeure qu'il est interdit par la loi de l'oukaze susdit non seulement d'entériner l'acquisition de biens immobiliers par de telles procédures, mais même d'en prendre temporairement possession, et qu'en outre ladite procuration elle-même n'a aucune valeur, par suite du décès de celui qui l'avait délivrée.

Attendu qu'en outre, la partie Doubrovsky n'a présenté, depuis le début de cette procédure, c'est-à-dire 18.., jusqu'à aujourd'hui, aucune preuve formelle de ce qu'un acte de vente concernant la susdite propriété litigieuse ait bien été enregistré conformément à la procuration en un lieu et à un moment quelconques :

Le présent tribunal décide pour ces motifs :

*de confirmer la possession de la susdite propriété de ** âmes, avec terres et dépendances, en l'état où elle se trouve présentement, au général en chef Troïékourof, conformément au titre qu'il a présenté ; de confier au tribunal rural de ** le soin d'enlever au lieutenant de la garde Doubrovsky la disposition de cette propriété, ainsi que celui de la transférer au sieur Troïékourof à titre d'héritage.*

Mais bien que le général en chef Troïékourof demande également le paiement des revenus du bien susdit par le lieutenant de la garde Doubrovsky par détention illicite d'héritage, vu qu'au témoignage d'habitants anciens de la région ledit bien a été pendant plusieurs années le bien incontesté des sieurs Doubrovsky et que l'examen de l'affaire ne permet pas de conclure qu'il y ait jamais eu auparavant de plainte en possession illégitime de la part du sieur Troïékourof ; et qu'en outre la loi stipule :

qu'il est ordonné, si quelqu'un ensemence la terre d'autrui ou clôt de murs un domaine, et qu'une requête est introduite contre lui pour possession illégitime et demande d'enquête, de rendre à celui qui est dans son droit terre et blé ensemencé, clôture et construction en cours ;

pour ces raisons, le tribunal déboute le susdit général Troïékourof de sa poursuite contre le lieutenant de la garde Doubrovsky, vu que la propriété lui est restituée sans que rien soit excepté de ce qu'il pourra trouver lorsqu'il rentrera en possession du bien susdit ; laissant toutefois au général en chef Troïékourof, s'il a pour soutenir sa requête des preuves manifestes et formelles, la possibilité d'introduire une requête spéciale auprès des autorités compétentes.

Le présent jugement sera signifié d'abord au plaignant ainsi qu'au défendeur, selon ce que prescrit la loi, sous réserve d'appel, et les susdits seront convoqués devant ce tribunal pour entendre le présent jugement et y donner sous signature et en présence de la police leur assentiment ou opposition.

Le présent jugement a été signé par tous les membres présents du tribunal.

Lorsqu'il eut fini, l'assesseur se leva, et saluant humblement Troïékourof, il l'invita à signer le papier qu'il lui présentait. Celui-ci prit d'un air triomphant la plume des mains de l'assesseur, et écrivit qu'il adhérait entièrement aux conclusions de la sentence.

Quand ce fut le tour de Doubrovsky, le secrétaire lui tendit le papier, mais le vieillard resta immobile : une seconde invitation n'eut pas plus de succès. La décision portait qu'il était tenu de donner préalablement satisfaction complète, sauf à présenter plus tard, dans le délai légal et devant qui de droit, une opposition où ses droits, si après de plus amples informations, il les croyait encore inattaquables, seraient consciencieusement exposés.

Doubrovsky se taisait toujours.

Tout à coup il releva la tête ; ses yeux étincelaient : il frappa du pied, et donna un coup si violent au secrétaire, que celui-ci laissa tomber l'encrier sur le pantalon de l'assesseur.

Tout le monde était consterné ; les gardiens accoururent, et ce ne fut pas sans peine qu'on put se rendre maître de Doubrovsky.

Il fut entraîné au-dehors, et on le mit dans un traîneau.

Troïékourof sortit derrière lui, accompagné de tout le personnel de la justice. Cet acte de démence avait fait sur lui une vive impression ; à peine honora-t-il d'un regard les juges, qui avaient compté sur sa reconnaissance. Il retourna en toute hâte à Pakrovsky, tout étonné des reproches de sa conscience, et mécontent de son triomphe.

Doubrovsky se mit au lit. Un médecin moins ignorant que la plupart de ses confrères appliqua la saignée et les révulsifs, et bientôt le malade fut en état d'être transporté à Kisténovka, son dernier asile, et qui était sur le point de lui échapper.

3

Quelques semaines se passèrent. La santé de Doubrovsky n'était pas meilleure : ses accès de folie ne s'étaient pas renouvelés, mais ses forces diminuaient sensiblement. Le vieillard avait rompu avec toutes ses habitudes ; il quittait rarement la chambre, et pendant des jours entiers il regardait fixement devant lui d'un air morne et sombre.

La vieille Iégorovna, la bonne fidèle du jeune Doubrovsky, soignait maintenant le père. Elle veillait sur lui comme sur un enfant, le nourrissait, le déshabillait, le couchait. Le vieillard n'écoutait qu'elle, et ne souffrait personne d'autre autour de lui. Voyant qu'il ne pouvait s'occuper ni de ses affaires ni des détails de la maison, Iégorovna jugea nécessaire d'avertir de cet état de choses son jeune maître, qui servait dans un régiment des gardes à Saint-Pétersbourg.

À cet effet elle arracha un feuillet blanc de son livre de dépenses, appela le cuisinier Chariton, le seul qui sût écrire à Kisténovka, et lui dicta une dépêche qui fut portée le même jour à la ville et mise à la poste.

Le jeune Vladimir avait été élevé à l'école des cadets, et de là il était entré comme enseigne dans la garde. Le père n'épargnait rien pour le soutenir d'une manière décente et l'on peut dire que sa sollicitude allait au-delà de ses moyens. Naturellement vain et passionné, Vladimir se passait bien des fantaisies coûteuses ; il jouait, faisait des dettes, et ne s'inquiétait pas de l'avenir. C'est tout au plus si sa prévoyance allait jusqu'à lui faire penser de loin en loin qu'il ne pouvait manquer de faire un riche mariage.

Un jour qu'il était chez lui avec un essaim de camarades, fumant à ne pas s'y voir, son domestique lui apporta une lettre dont l'adresse et le cachet ne l'étonnèrent pas médiocrement. Il l'ouvrit, et lut à la hâte ce qui suit :

« Vladimir Andreïévitch, je prends la liberté de « t'écrire ces lignes pour t'informer de la santé de ton « père. Il va très mal, et parfois il déraisonne. On le « dirait retombé en enfance... Mais Dieu est le maître « de la vie comme de la mort. Viens le plus tôt possible... « nous t'enverrons des chevaux jusqu'au fossé de sable... « Il est question que la justice va nous mettre sous « l'autorité de Cyrile Pétrovitch, qui parle déjà comme « si nous lui appartenions. Et cependant nous sommes « à vous depuis des siècles ; de ma vie je n'ai entendu « dire autre chose. Tu pourrais, étant à Saint-Péters- « bourg, soumettre la question à notre père le tsar. Il « ne voudra pas nous faire un si grand chagrin.

« Ta vieille et fidèle nourrice,

« ANNA IÉGOROVNA BOUZIRÉVA. »

Vladimir relut cette lettre à plusieurs reprises. Encore enfant, il avait perdu sa mère ; quant à son père, il le connaissait à peine, car il était à Pétersbourg depuis sa huitième année. Il s'était représenté les joies tranquilles de la famille sous des couleurs d'autant plus séduisantes qu'il y était demeuré étranger. La pensée de perdre son père lui tomba comme un poids sur le cœur. Il pensait avec terreur à sa maladie ; il le voyait seul au milieu de son village désert, abandonné aux soins de sa nourrice et de quelques domestiques, et succombant à des souffrances physiques et morales.

Il s'adressait d'amers reproches sur sa négligence, car depuis longtemps il n'avait reçu aucune nouvelle du vieillard, qu'il supposait occupé d'affaires et de soins domestiques.

Il prit la résolution de partir sans délai, et même de quitter le service si la maladie de son père réclamait sa présence. Tous ses amis, en le voyant consterné, s'étaient retirés... Il écrivit une demande de congé, et s'abandonna aux rêveries les plus tristes.

Déjà Vladimir approchait de la station où il devait trouver ses chevaux : de sombres pressentiments l'assiégeaient ; il appréhendait de ne pas retrouver son père vivant, et il se faisait le tableau le plus triste de la vie qui l'attendait au village natal. Qu'allait-il devenir, pauvre, isolé, obligé de se livrer à des travaux d'exploitation dont il n'avait pas même l'idée ?

Arrivé à la station, il apprit que les chevaux l'attendaient déjà depuis trois jours, et bientôt il reconnut Antoine, le vieux cocher qui autrefois le conduisait dans l'écurie pour lui montrer son petit cheval. Les larmes coulaient sur les joues flétries du vieux serviteur. Il s'inclina jusqu'à terre dès qu'il aperçut son jeune maître. En apprenant que son père vivait encore, Vladimir ordonna d'atteler ; mais il ne questionna Antoine que lorsqu'ils furent sur le chemin de Kisténovka.

– Dis-moi, Antoine, demanda Vladimir, qu'y a-t-il donc entre mon père et Troïékourof ?

– Dieu sait ! mon cher maître... On dit qu'il n'était pas d'accord avec Cyrile Pétrovitch, et que celui-ci a porté plainte contre notre vieux maître qu'il accuse de s'être pris à lui-même son propre bien. Je sais que ce n'est pas au valet de se mêler des affaires de son seigneur... toujours est-il que monsieur votre père a eu tort de se heurter contre l'autre... Ce n'est pas l'agneau qui mangera le loup.

– Il paraît, d'après cela, que Troïékourof fait chez nous tout ce qu'il lui plaît ?

– Quant à ça, c'est au vu et su de tout le monde.

– Est-il vrai qu'il prétend s'emparer de Kisténovka ?

– C'est ce qu'on dit. Dernièrement, à un baptême chez le staroste, le curé de Pakrovsky disait : – Maintenant votre bon temps est passé à vous autres... Cyrile Pétrovitch ne badine pas. Le forgeron Mikita lui répondit : – C'est bon, Savélitch, n'attriste pas la compagnie ; tu n'as que faire d'effrayer nos hôtes. Cyrile Pétrovitch est maître chez lui, André Gavrilovitch est également maître chez lui ; mais notre maître à tous, c'est Dieu et le tsar... Personne ne mettra un cadenas à nos lèvres.

– Ainsi vous ne seriez pas bien aises de tomber entre les griffes de Troïékourof ?

– Que Dieu nous en préserve ! Ses propres serfs sont déjà assez malheureux ! Que serait-ce avec nous autres étrangers ! Il ne se contentera pas de nous ôter la peau, il lui faudra notre chair... Que Dieu accorde à notre maître une longue vie !... mais s'il le rappelle, n'avons-nous pas notre jeune seigneur ? Ne nous abandonnez pas, et nous vous resterons fidèles et dévoués.

Touché de l'attachement du vieux serviteur, Vladimir l'écoutait en silence, tout en poursuivant le cours de ses pensées. Il était plongé depuis plus d'une heure dans ses réflexions, lorsqu'il fut tout à coup rappelé à la vie réelle par l'exclamation d'Antoine :

– Voilà Pakrovsky !

Il leva la tête. Ils côtoyaient un lac spacieux d'où sortait une petite rivière qui serpentait à travers des collines. Sur une de ces collines s'élevaient d'un petit bois le toit vert et le belvédère d'un château en pierre. Tout auprès on distinguait les cinq coupoles d'une église que dominait un vieux clocher. Tout alentour étaient disséminées de nombreuses cabanes, avec des jardins potagers et des puits à bascule.

Doubrovsky reconnut le site. Il se rappelait que, sur cette même colline, il avait joué avec la petite Marie Troïékourof, plus jeune que lui de deux ans, et qui promettait déjà de devenir une beauté. Il était sur le point de s'informer d'elle ; mais une sorte de honte le retint.

En passant devant la maison seigneuriale, il aperçut une robe blanche à travers les arbres du jardin. Au même instant, cédant à un amour-propre de cocher, Antoine fouetta ses chevaux et passa au galop devant le jardin. À la sortie du village, le chemin conduisait au sommet de la montagne ; Vladimir vit devant lui une forêt de bouleaux, et à gauche, sur un emplacement découvert, une petite maison grise à toit rouge.

Le cœur lui battait avec plus de force... C'était Kisténovka... et la petite maison était celle de son père...

Il y entra avec un sentiment impossible à décrire... Il regarda autour de lui. Il y avait douze ans qu'il n'avait pas revu son village natal. Les plantations de bouleaux qui bordaient la haie étaient maintenant hautes et touffues. La cour, naguère ornée de trois plates-bandes, que traversait un chemin soigneusement entretenu, ressemblait à un pré non fauché. Un cheval paissait en liberté dans l'herbe épaisse. Les chiens, qui d'abord avaient aboyé, témoignèrent leur joie en reconnaissant Antoine. Les paysans accoururent des fermes et entourèrent leur jeune maître, tout heureux de le revoir. C'est à grand' peine qu'il put s'ouvrir un passage à travers cette foule empressée. Il monta les marches dégradées du perron et entra dans l'antichambre. La vieille Iégorovna courut se jeter à son cou.

– Comment vas-tu, bonne nourrice ? lui dit-il en la

serrant contre son cœur... Et mon père ? comment se trouve-t-il ? où est-il ?

Au même moment s'avançait à pas lents, dans la spacieuse antichambre, une grande figure de vieillard, pâle et maigre, en robe de chambre et en bonnet de nuit.

– Où est Volodka ? où est mon fils ? s'écria-t-il d'une voix épuisée.

Et le fils se jetait en silence dans les bras de son père. Cette secousse était trop forte pour le vieillard ; ses pieds chancelèrent, et il serait tombé si Vladimir ne l'eût reçu dans ses bras.

– S'obstiner à se lever, murmura Iégorovna, quand on peut à peine se soutenir sur ses jambes !

On transporta le malade dans sa chambre. Il faisait des efforts pour parler ; mais ses idées se confondaient, et il ne put prononcer que quelques paroles incohérentes. Enfin, comme épuisé de cet effort, il tomba dans un assoupissement profond.

Vladimir était en proie aux plus vives inquiétudes ; il s'établit dans la chambre de son père, et pria les domestiques de le laisser seul. Ils obéirent, et emmenèrent Antoine dans la cuisine pour le faire dîner et le questionner tout à leur aise.

4

Quelques jours s'étaient écoulés depuis l'arrivée de Vladimir. Il résolut de prendre connaissance de ses affaires ; mais le vieillard était incapable de lui donner le moindre éclaircissement, et il avait toujours géré seul. Le jeune homme, en consultant les papiers de son père, trouva la première lettre de l'assesseur et la minute de la réponse ; mais ces pièces ne lui apprenaient rien sur le fond du procès. Il crut devoir attendre la procédure ultérieure, persuadé qu'il était de la justice de sa cause.

Cependant l'état du vieillard empirait et annonçait

une fin prochaine : il était tombé en enfance. Vladimir ne quittait pas son chevet.

Le délai légal était expiré, sans interjection d'appel. Désormais Kisténovka appartenait au seigneur de Pakrovsky. Schabachkin se présenta chez Troïékourof. Après s'être courbé devant lui de manière à lui montrer toute la longueur de son échine, il demanda du ton le plus humble quand il plairait à Son Excellence d'entrer en possession de la terre nouvellement acquise, et de donner à lui ou à tout autre un plein pouvoir à cet effet.

Cyrile Pétrovitch ne put se défendre d'une impression pénible. Jamais, dans cette affaire, il n'avait été mû par un motif d'intérêt ; il n'avait voulu que tirer vengeance de ce qu'il regardait comme un affront. Il n'ignorait pas la position où se trouvait réduit son ancien compagnon d'armes, et il en était presque au regret de sa victoire. Il accueillit donc Schabachkin avec humeur ; mais, cherchant en vain un prétexte pour l'accuser, il se contenta, pour le moment, de l'engager à le débarrasser de sa présence. Schabachkin vit bien que l'instant était mal choisi, et se hâta de prendre le large.

Resté seul, Troïékourof se promena à grands pas dans sa chambre en fredonnant l'air :

Tonnez, foudres de la victoire

ce qui était chez lui l'indice d'une forte préoccupation.

Tout à coup il sonne, ordonne d'atteler le drochky, jette un manteau sur ses épaules, et, conduisant lui-même, il eut bientôt dépassé la porte cochère et aperçut la petite maison de Doubrovsky.

Pendant quelque temps il balança entre des sentiments contraires ; le ressentiment et l'orgueil étouffèrent d'abord les autres. Mais bientôt les plus nobles reprirent le dessus. Il résolut de se réconcilier avec son vieil ami, de détruire jusqu'aux dernières traces de leur procès, et de lui laisser son bien. Il se sentit le cœur plus léger, fouetta son cheval, et entra tout droit dans la cour de Doubrovsky.

En ce moment même, le malade était assis à la fenêtre de sa chambre à coucher ; il reconnut Troïékourof, et une révolution subite bouleversa ses traits : un rouge de pourpre remplaça sa pâleur mortelle, ses yeux brillèrent, et il poussa des sons inarticulés.

Son fils, qui était occupé à réviser des comptes, leva la tête, et vit avec consternation le changement qui venait de s'opérer dans le vieillard : le malade montrait du doigt la porte avec une expression d'effroi et de colère. Le vieillard essaya de ramener les pans de sa robe de chambre pour se lever... Il se leva en effet, mais pour tomber de sa hauteur sur le plancher... Vladimir se précipita vers lui... il gisait sans mouvement. Il était frappé d'apoplexie.

– Vite à la ville, chez le docteur ! cria Vladimir au domestique qui entrait...

– Le général Troïékourof désire vous parler.

– Dis-lui, s'écria Vladimir avec un regard furieux, qu'il s'éloigne d'ici à l'instant même, s'il ne veut pas que je lance les chiens après lui !

Le serviteur ne se le fit pas dire deux fois ; il exécuta sa commission à la lettre. Iégorovna se tordait les mains.

– Ô mon maître ! s'écria-t-elle, tu entraînes ton enfant à sa perte !... Cyrile Pétrovitch nous dévorera.

– Tais-toi, nourrice ! dit Vladimir impérieusement, et envoie vite Antoine chercher le médecin.

Iégorovna sortit : aucun domestique ne se trouvait dans la chambre voisine ; tous s'étaient précipités vers la cour pour voir Troïékourof.

Celui-ci avait entendu les paroles de Vladimir. Il n'était pas descendu de son drochky. À cette menace, ses traits s'assombrirent, et un rire sardonique erra sur ses lèvres ; enfin il promena sur la foule un regard terrible, et s'en retourna au pas.

En dépassant la porte, il tourna encore une fois les yeux vers la fenêtre où il venait de voir Doubrovsky, mais il ne l'aperçut plus. Iégorovna, qui avait oublié le message, se tenait consternée sur les marches. Les domestiques murmuraient entre eux sur cette singulière apparition... Tout à coup Vladimir paraît, et, tout effaré, il s'écrie :

– Mon père est mort !

Ce fut comme un coup de foudre... Après la première stupeur, ils coururent tous à la chambre à coucher de leur maître.

Il était étendu dans le fauteuil où Vladimir l'avait porté ; son bras droit pendait par-dessus le dossier ; sa tête retombait sur la poitrine... Aucun signe de vie n'animait ce corps encore chaud... la figure était horriblement décomposée...

Iégorovna poussait des cris, tandis que les domestiques entouraient le cadavre, qui resta confié à leurs soins. Ils le lavèrent, le revêtirent de son uniforme qui datait du siècle précédent, et le couchèrent sur cette même table où depuis tant d'années ils avaient vu s'asseoir leur vieux maître.

5

Le troisième jour, on célébra les funérailles. Le corps reposait dans un cercueil ouvert, enveloppé du drap mortuaire et entouré de cierges. La salle à manger était remplie de serviteurs prêts à enlever le mort. Vladimir lui-même voulut partager cette tâche pieuse. Le prêtre, précédé du diacre, marchait devant, entonnant le cantique funèbre.

Le seigneur de Kisténovka passa pour la dernière fois le seuil de sa demeure. Le cortège traversa la forêt derrière laquelle s'élevait la petite église. C'était en automne, l'air était frais et clair : le chemin était jonché de feuilles tombées. En sortant de la forêt, on se dirigea vers la petite église de Kisténovka : tout auprès était le cimetière ombragé de vieux tilleuls.

Là reposait la mère de Vladimir, et tout à côté était la fosse fraîchement ouverte.

L'église était pleine ; tous les paysans de Kisténovka s'étaient empressés de rendre à leur seigneur le dernier devoir.

Vladimir se plaça à l'entrée ; il ne priait pas, il ne pleurait pas, mais son regard farouche était de mauvais augure.

La triste cérémonie était achevée... Le jeune homme s'avança le premier pour prendre congé du défunt, et les domestiques vinrent ensuite... On cloua le couvercle : quelques femmes psalmodièrent de bruyantes lamentations, et l'on vit plus d'un paysan essuyer une larme, tribut touchant que les vertus du maître arrachent même à l'esclave !

Vladimir souleva le premier le cercueil ; quelques anciens domestiques se joignirent à lui, et ils emportèrent le corps accompagnés de tous les assistants. Lorsque le mort fut descendu dans la fosse, chacun jeta sur lui une poignée de terre en se signant... Tout était fini. Les paysans se retirèrent, et Vladimir dépassa les autres et se perdit dans la forêt.

Iégorovna, au nom de son maître, invita le prêtre et son clergé au repas des funérailles, en les priant d'excuser l'absence de Vladimir. Le père Athanase, sa femme et son diacre se rendirent à pied à la maison seigneuriale. Chemin faisant, ils s'entretinrent avec la vieille des vertus du défunt, et du sort probable du jeune Doubrovsky ; car le bruit de la visite de Troïékourof s'était déjà répandu, et les politiques de l'endroit ne tarissaient pas en conjectures :

– Ce qui doit arriver arrivera, dit la femme du prêtre ; mais ce serait dommage que Vladimir Andréïévitch fût dépossédé. C'est assurément un cavalier accompli.

– Et pourquoi serait-il dépossédé ? demanda Iégorovna. Cyrile Pétrovitch s'est encore emporté ; mais cette fois il a trouvé à qui parler... Mon fils se conduit déjà en homme, et, avec la grâce de Dieu, les braves gens ne l'abandonneront pas : Cyrile Pétrovitch joue plus gros jeu qu'il ne le pense !

– Pour moi, reprit le diacre, j'aimerais mieux avoir affaire au diable qu'à Cyrile Pétrovitch ; rien qu'à le regarder la peur vous prend, et l'échine se courbe d'elle-même.

– Tout n'est que vanité, interrompit le pasteur spirituel. Il faudra bien finir par chanter pour Cyrile Pétrovitch le cantique que nous avons chanté aujourd'hui pour le repos de notre vieux seigneur. Il y aura cette différence que le repas sera plus somptueux et qu'il y aura plus de convives... mais devant le Père céleste, tout est égal.

– Père Athanase, repartit Iégorovna, nous avions bien l'intention d'inviter tout le village, mais Vladimir Andréïévitch ne l'a pas voulu. Rien ne nous manque, je vous prie de le croire... Il est vrai que nous sommes peu de convives, mais nous tâcherons de faire les choses décemment.

Cette assurance fit doubler le pas à la société, et ils arrivèrent dans les meilleures dispositions ; la table était déjà mise, et l'eau-de-vie les attendait.

Cependant Vladimir avait battu toute la forêt, cherchant à étourdir sa douleur par un exercice violent. Il allait devant lui sans savoir où... Les branches lui déchiraient le visage. Quelquefois il rencontrait des marécages, mais nul obstacle ne l'arrêtait. Enfin il trouva un chemin creux bordé de bois des deux côtés. Un petit ruisseau fuyait en silence au pied des arbres chauves. Épuisé de fatigue, Vladimir se jeta sur le gazon, s'abandonnant aux pensées les plus sombres.

Il sentait péniblement l'embarras et l'isolement de sa position, et l'avenir lui apparaissait sous les couleurs les plus noires. Sa sortie contre Troïékourof lui présageait de nouveaux malheurs. Son modique avoir allait peut-être passer à des mains étrangères... Et alors que devenir ? que faire ?

Il resta là longtemps à rêver, regardant le ruisseau

emportant dans son cours des feuilles sèches, emblème fidèle de notre existence... Enfin il s'aperçut que le jour commençait à tomber, et il essaya de trouver quelque chemin qui le conduisît hors de la forêt... Il erra longtemps, et finit par découvrir un sentier qui menait droit à Kisténovka. Il vit de loin le prêtre et sa suite qui s'avançaient de son côté, et il en tira un fâcheux augure. Doubrovsky se rangea de côté, et se cacha derrière les arbres. On passa devant lui sans le remarquer. On parlait avec vivacité :

– Évite le mal, et fais le bien quand tu le peux, disait le prêtre à sa femme ; ce n'est pas là qu'est notre domicile. Après tout, qu'est-ce que cela nous fait ? Cela deviendra ce que cela pourra...

La femme lui répondit quelque chose que Doubrovsky ne put entendre.

En approchant de la maison, il vit un grand rassemblement. La cour fourmillait de paysans et de domestiques. Il entendait comme un murmure extraordinaire. Devant la remise étaient deux drochkys à trois chevaux, et, sur les marches de l'entrée, il remarqua plusieurs personnes étrangères en surtout d'uniforme qui considéraient la maison.

– Qu'est-ce que tout cela signifie ? demanda-t-il au vieil Antoine qui s'avançait à sa rencontre. Qui sont ces gens ? Que veulent-ils ?

– Ce sont les gens de la justice, répondit le fidèle serviteur ; on veut nous livrer à Troïékourof, et nous enlever à notre bon maître !

Vladimir baissa la tête ; tous l'entouraient en silence et d'un air de compassion.

Tout à coup une voix se fit entendre :

– Tu es le fils de notre bienfaiteur ! nous ne voulons pas d'autre maître que toi... Nous ne t'abandonnerons pas !

Et tous se précipitèrent... L'un baisait les mains du jeune homme, l'autre ses habits.

Vladimir était profondément touché de ces marques

d'affection et de dévouement ; un poids douloureux pesait sur son cœur.

– Demeurez paisibles, leur dit-il, je vais parler aux délégués de la justice.

– Parler avec eux ! à quoi bon ! prends pitié de nous !

Vladimir s'avança vers les employés. Schabachkin était là le bonnet sur la tête et les bras croisés, regardant autour de lui avec arrogance. Le capitaine du cercle, homme d'environ cinquante ans, grand et replet, la figure bourgeonnée et partagée en deux zones par une large moustache, croassait comme un corbeau.

– Je vous répète encore une fois, s'écria-t-il d'une voix enrouée, qu'en vertu d'un arrêt du tribunal de district, vous appartenez désormais à Son Excellence Cyrile Pétrovitch Troïékourof, dont la personne est ici représentée par le sieur Schabachkin : que vous aurez à lui obéir en tout ce qu'il vous commandera ; et que plus vous l'aimerez et honorerez, plus vous vous rendrez dignes de ses bonnes grâces.

Après cette plaisanterie de mauvais goût, le capitaine se mit à rire, et Schabachkin avec sa séquelle suivirent son exemple.

Vladimir bouillait de colère.

– Permettez-moi, leur dit-il, de vous demander quelques éclaircissements.

– C'est assez clair, repartit le capitaine. Nous sommes venus ici à l'effet d'installer dans sa nouvelle propriété le sieur Cyrile Pétrovitch Troïékourof ; et sur ce, nous invitons tous et chacun à décamper au plus vite.

– Il me semble, reprit Vladimir, qu'il eût été plus convenable de vous adresser à moi qu'à mes paysans, au propriétaire en un mot, puisqu'il s'agit de droits à transmettre...

– Qu'est-ce à dire ? interrompit Schabachkin avec effronterie. L'ancien propriétaire est mort..., et qui es-tu pour réclamer contre une décision juridique ? Nous ne connaissons et ne voulons connaître personne...

– C'est notre jeune maître ! s'écria une voix dans la foule.

– Qui est-ce qui ose parler ici ? s'écria, d'un air menaçant, le capitaine. On parle de maître ! votre maître est Cyrile Pétrovitch Troïékourof... entendez-vous, butors !

– Dieu nous en garde ! dit la même voix.

– C'est un coup monté ! hurla le capitaine. Holà ! staroste, ici !

Le staroste s'avança.

– Arrête-moi tout de suite celui qui s'est permis de m'interpeller.

Le staroste s'avança vers la foule et demanda qui avait parlé.

Tous gardèrent le silence... Bientôt un murmure s'éleva dans les rangs les plus éloignés ; peu à peu il grandit de proche en proche et éclata en un violent tumulte.

Le capitaine jugea prudent de baisser le ton et essaya de les amadouer :

– À quoi bon tous ces commérages ? s'écriaient plusieurs voix... Empoignez cet homme !

Et la foule se porta en avant. Schabachkin et les siens firent retraite dans le vestibule et fermèrent la porte derrière eux.

– Enfoncez la porte ! reprirent les mêmes voix.

Déjà les paysans se portaient résolument vers l'entrée, lorsque Doubrovsky s'écria d'une voix de tonnerre :

– Arrêtez ! voulez-vous vous perdre vous et moi ! Rentrez chez vous, et laissez-moi faire. Le tsar est clément ; j'implorerai sa protection ; nous sommes tous ses enfants : il ne permettra pas une telle injustice : mais comment prendra-t-il en main notre cause, si vous débutez par un acte de rébellion ?

Ces paroles fermes et ce regard plein d'autorité eurent bientôt calmé la foule ; en un instant la cour était évacuée.

Vladimir monta tristement le perron, dont Schabachkin ouvrit la porte. L'assesseur le remercia servilement du service qu'il venait de leur rendre ; mais Vladimir ne daigna pas lui répondre un mot.

– Nous sommes dans l'intention de passer ici la nuit, continua Schabachkin. Le jour tombe, et vos paysans pourraient nous attaquer en chemin. Ayez seulement la bonté de faire étendre une litière dans la chambre réservée aux hôtes. De grand matin nous partirons d'ici.

– Faites comme vous voudrez, répondit Doubrovsky ; je ne suis plus le maître de la maison, je n'ai point d'ordres à donner.

6

En rentrant dans la chambre de son père, Vladimir se disait à lui-même : c'est donc fini ! Ce matin j'avais encore un asile et un morceau de pain... Dès demain il me faudra quitter la maison où je suis né ; le petit coin de terre où mon père repose appartiendra à l'auteur de sa mort et de ma misère !

Vladimir grinça des dents... Longtemps ses yeux restèrent attachés sur le portrait de sa mère... Et ce portrait, ajouta-t-il, il resterait à l'ennemi de ma maison ! peut-être le reléguera-t-il dans quelque grenier ; ou serat-il suspendu dans l'antichambre pour défrayer l'insolence des valets ! Et cette chambre où mourut mon père, est-ce l'intendant qui viendra s'y établir, ou l'infâme y placera-t-il son harem ?

Non ! il ne possédera pas non plus cette demeure d'où il m'a chassé !

En ce moment, le bruit que faisaient ses hôtes vint ajouter à son exaspération. Cette canaille jouait au maître, et se faisait servir du ton le plus impérieux.

Enfin tout devint silencieux... Une pensée terrible s'éleva dans l'esprit du jeune homme.

Il ouvrit les commodes et les armoires, et parcourut tous les papiers du défunt. C'étaient pour la plupart des comptes et devis de travaux. Il déchira tout sans autre examen. Cependant un paquet lui tomba sous la main ; il portait cette suscription : *Lettres de ma femme*. Profondément ému, il l'ouvrit.

Ces lettres, qui dataient de la guerre des Turcs, étaient écrites de Kisténovka et adressées au camp des Russes : elles contenaient des détails sur la vie de château, et sur les occupations de la dame de Kisténovka, qui se plaignait avec tendresse de leur séparation et appelait de tous ses vœux le retour de son époux bien-aimé.

Dans une de ces lettres, elle exprimait ses craintes pour la santé du jeune Vladimir : dans une autre elle se réjouissait de son intelligence précoce, et lui pronostiquait un heureux et brillant avenir.

L'orphelin était absorbé dans cette lecture pieuse qui lui retraçait toutes les vertus de la vie de famille, sans penser que le temps s'écoulait.

L'horloge sonna onze heures... Il mit à la hâte le paquet dans sa poche, prit la lumière et sortit de la chambre.

Les convives dormaient, les uns sur la paille, les autres sur la table... à côté d'eux étaient des verres vides : une forte odeur de rhum régnait dans la salle... Vladimir se détourna avec dégoût, et passa dans l'antichambre, où l'obscurité était complète.

Comme il en sortait tenant toujours sa lumière, il crut apercevoir quelqu'un qui se cachait dans un coin. En s'approchant, il reconnut Archippe le forgeron.

– Qu'est-ce que tu fais ici ? lui demanda-t-il étonné.

– C'est que... je... je voulais voir s'ils étaient là tous... répondit le forgeron en hésitant.

– Et cette hache, qu'en voulais-tu faire ?

– Ce que j'en voulais faire ?... ces gens de justice sont si effrontés ! le plus sûr est d'avoir toujours sa hache, voyez-vous...

– Tu es ivre... donne ta hache, et va te coucher.

– Ivre ! maître ! Dieu le sait !... pas une goutte n'a passé sur mes lèvres. Et qui donc à présent pense à l'eau-de-vie ? Ne savons-nous pas que les gens de la justice veulent s'emparer de nous, et chasser notre maître de chez lui ? comme ces animaux dorment !... Je voudrais tous tant qu'ils sont les... puis dans l'étang !

Doubrovsky fronça le sourcil.

– Écoute, Archippe, dit-il après un instant de réflexion, abandonne cette mauvaise pensée... Ce n'est pas la faute de ces gens... allume la lanterne, et suis-moi.

Archippe prit la lumière, chercha la lanterne derrière le poêle, et tous deux descendirent doucement les degrés. Dès qu'ils furent dans la cour, le gardien frappa sur la plaque en fer de la porte pour indiquer qu'il veillait... les chiens aboyèrent. Il renvoya chez eux les hommes de corvée qui avaient la garde du domaine, et il n'eut pas besoin de leur répéter deux fois cette invitation.

Doubrovsky, après avoir fait quelques pas, vit deux figures d'hommes qui lui faisaient signe d'approcher. Il reconnut Antoine et Grischka.

– Pourquoi veillez-vous à l'heure qu'il est ? leur demanda-t-il.

– Mon cher maître, répondit Antoine, comment pourrions-nous dormir ? Avoir vécu jusqu'à ce jour pour voir une pareille chose !

– Silence ! interrompit Doubrovsky... où est Iégorovna ?

– Dans sa chambre, au château, dit Grischka.

– Va la chercher, et que personne de vous ne reste dans la maison... les employés seuls... tu comprends... dépêche-toi. Antoine ! attelle la britchka.

Grischka fut bientôt de retour avec la vieille, qui n'était pas encore déshabillée.

À l'exception des convives, personne n'avait fermé l'œil.

– Êtes-vous bien tous ici ? demanda Doubrovsky.

– Tous, excepté la justice.

– Qu'on apporte ici de la paille et du foin, continua Vladimir.

Cet ordre fut promptement exécuté.

– Sous l'escalier de l'antichambre... bien comme cela !... maintenant, mes enfants, du feu !

Archippe ouvrit la lanterne, et Doubrovsky alluma une torche de bois de sapin...

– Attends, Archippe, dit Doubrovsky après un instant de réflexion, je crois avoir oublié d'ouvrir la porte d'entrée... cours l'ouvrir et reviens.

Archippe courut à l'antichambre, dont la porte était ouverte ; mais il la ferma, et jeta la clef en murmurant : Et dans le fait, ne faut-il pas encore leur ouvrir !

Lorsqu'il revint, Doubrovsky mit la torche allumée dans le foin... la flamme monta aussitôt et éclaira toute la cour.

– Sainte Vierge ! s'écria Iégorovna, quel est ton dessein, Vladimir Andréïévitch !

– Tais-toi ! lui dit le jeune homme... Adieu, enfants ! ajouta-t-il, que Dieu soit avec vous tous !... Puissiez-vous être heureux avec votre nouveau maître !

– Père ! s'écrièrent les paysans, nous voulons mourir avec toi ! nous voulons tous te suivre !

Doubrovsky monta avec Grischka dans la britchka, et Antoine fouetta les chevaux ; en un clin d'œil ils eurent dépassé la porte... un instant après on les avait perdus de vue.

Cependant, le vent se levait. Déjà la flamme avait enveloppé la petite maison seigneuriale ; les toits s'écroulèrent avec fracas ; on voyait tomber des poutres embrasées, une fumée jaunâtre tourbillonnait en sortant des lucarnes... de temps en temps on entendait des gémissements étouffés, et le cri de détresse : au secours ! au secours !

– Sans doute ! on y va !... disait Archippe, avec un rire sinistre, et une satisfaction secrète.

– Au nom du ciel ! Archippe, s'écriait Iégorovna, sauve ces malheureux !

– Et pourquoi pas ? reprit le forgeron, la graine en est si précieuse !

En ce moment des figures se montrèrent aux fenêtres

qu'on essayait de briser... Un hurlement épouvantable traversa la cour... la charpente du toit tomba avec un craquement terrible... la flamme s'éleva en tournoyant dans les airs du milieu de la poussière et des décombres... puis tout devint silencieux.

Bientôt tous les paysans du village accoururent ; les femmes cherchaient à sauver ce qu'elles avaient de plus précieux, les enfants s'amusaient de ce spectacle... Le vent poussait des flammèches et des étincelles sur les cabanes voisines ; quelques-unes commençaient à brûler.

– Voilà qui va bien ! dit Archippe... cela doit être beau à voir de Pakrovsky !

On aperçut un chat sur le toit d'une grange en feu. L'animal n'osait sauter, parce que l'incendie l'entourait de tous côtés ; il poussait des cris lamentables, à la grande satisfaction des enfants.

– Qu'avez-vous à rire, couvée du diable ! s'écria le forgeron... Vous serez bien charmés, n'est-ce pas ? de voir brûler cette pauvre bête !

À ces mots, il posa une échelle sur le toit qui était tout en flammes, et monta. L'animal comprit l'intention de son libérateur, il se cramponna à sa manche, et Archippe fortement brûlé ne redescendit qu'avec lui.

– Maintenant, au revoir, les enfants ! cria-t-il à la foule consternée. Je n'ai plus rien à faire ici... soyez heureux, et ne croyez pas au mal qu'on vous dira de moi.

Il dit et disparut.

Le feu avait dévoré ses derniers aliments : il ne restait plus qu'un vaste brasier, qui brillait au milieu de la fumée et de l'obscurité de la nuit. Tout alentour, se tenaient groupés les incendiés de Kisténovka.

7

La nouvelle de cette catastrophe ne tarda pas à se répandre dans tout le district. Les conjectures les plus contradictoires circulèrent. Quelques-uns affirmaient que les gens de Doubrovsky s'étaient enivrés aux funérailles, et avaient mis le feu par imprudence. D'autres rejetaient la faute sur les employés, qui avaient célébré la prise de possession par des libations immodérées. On racontait que Doubrovsky et ses domestiques avaient partagé le sort des gens de la justice. Bien peu de personnes se disaient à l'oreille que l'auteur de ce désastre n'était autre que l'héritier légitime de Kisténovka.

Le lendemain, Troïékourof se montra sur le théâtre de l'incendie et procéda lui-même à une enquête. Il fut établi que le capitaine du cercle, l'assesseur, un avocat et un scribe avaient disparu, aussi bien que Doubrovsky, la vieille Iégorovna, le valet de ferme Grischka, le cocher Antoine et Archippe le forgeron.

Les paysans déclarèrent que les corps des employés de la justice avaient été retrouvés tout charbonnés sous les décombres.

Les gardiens déposèrent que, peu de temps avant l'incendie, ils avaient vu Doubrovsky et Archippe dans la cour du château.

De toutes ces informations, on pouvait conclure qu'Archippe était le principal, sinon le seul auteur de l'incendie.

De graves soupçons planaient également sur Doubrovsky.

Cyrile Pétrovitch adressa un rapport circonstancié au gouvernement... la chose traîna en longueur et finit par s'oublier.

Mais bientôt d'autres bruits fournirent matière aux oisifs et aux nouvellistes. Des brigands infestaient la contrée, et se jouaient de toutes les mesures. On n'était en sûreté ni dans les villages ni sur les grandes routes.

Montés sur de rapides britchka, les voleurs parcouraient le pays en plein jour, arrêtant les courriers, pillant les seigneurs dans leurs maisons de campagne, et y mettant le feu. On racontait des choses merveilleuses du chef de la bande. Il n'était bruit que de son habileté, de sa résolution, et d'une sorte de grandeur d'âme qui le distinguait de ses pareils.

Le nom de Doubrovsky était dans toutes les bouches, et il était généralement signalé comme le chef de la bande. On s'étonnait seulement d'une chose : le domaine de Troïékourof était épargné : jamais on n'avait vidé ses granges, ni arrêté ses équipages. Troïékourof ne manqua pas d'attribuer ce privilège à la frayeur qu'inspirait son nom dans tout le pays, et à l'excellente police qu'il avait établie sur ses terres.

On commença par se moquer de son orgueil, et l'on s'attendait de jour en jour à quelque visite de l'audacieuse bande au château de Pakrovsky, où un riche butin l'attendait ; cependant on finit par convenir que les voleurs eux-mêmes n'osaient s'attaquer à Troïékourof.

Le vieux seigneur triomphait, et à chaque nouvelle d'un vol ou d'un brigandage, il se répandait en plaisanteries sur le gouverneur, les capitaines du cercle et le commandant du régiment auxquels Doubrovsky échappait toujours sain et sauf.

8

C'était le 1er octobre, fête du saint de l'église de Pakrovsky, et en même temps celle du vieux seigneur. Sa fille unique entrait dans sa dix-septième année. Elle était dans tout l'éclat de sa beauté. Son père l'aimait à l'excès, ce qui ne l'empêchait pas de la rudoyer dans ses accès d'humeur. Toujours prêt à satisfaire ses moindres désirs, il n'avait point su attirer sa confiance, de sorte que Marie avait pris l'habitude de cacher ses sentiments, de peur de se voir mal accueillie. Ne pouvant ouvrir son cœur à personne, elle grandissait dans une sorte d'isolement ; les conversations et les plaisirs de Troïékourof excluaient la présence de sa fille, et ne convenaient qu'à des hommes. Rarement elle paraissait aux repas. Une bibliothèque nombreuse, composée en grande partie des écrivains français du dix-huitième siècle, était à sa disposition.

Son père, qui ne lisait jamais que la parfaite cuisinière, n'était pas homme à la guider dans le choix de ses lectures. Abandonnée à elle-même, elle préféra naturellement les romans, et c'est ainsi qu'elle acheva son éducation, qui avait été commencée sous la direction de mademoiselle Michaud.

On prétendait que mademoiselle Michaud avait donné à Troïékourof des preuves d'attachement par trop manifestes, et qu'il avait été obligé de l'envoyer dans une de ses terres pour en dérober le témoignage à la malignité. C'était au fond une fort bonne personne et qui n'avait jamais employé à faire le mal le crédit dont elle jouissait à Pakrovsky, où elle n'avait laissé que des souvenirs bienveillants. Troïékourof lui-même semblait la préférer à ses rivales ; aussi un vaurien de neuf ans, toujours frisé, était-il élevé dans la maison, tandis qu'une multitude de petits lourdauds qui ressemblaient comme deux gouttes d'eau à Troïékourof couraient nu-pieds dans la cour, et comptaient parmi les domestiques du château.

Bientôt Cyrile Pétrovitch manda de Moscou un gouverneur français pour le petit Alexandre. Celui-ci arriva à Pakrovsky précisément à l'époque où l'on ne parlait que des attaques des voleurs. Il plut infiniment au maître de la maison par son extérieur agréable et son air simple. Cyrile jeta un coup d'œil sur les certificats du jeune homme et sur la lettre de son parent qui le recommandait pour gouverneur. Une seule chose le faisait hésiter : il trouvait le mentor par trop jeune. Ce n'est pas qu'il doutât que cet aimable défaut fût compatible avec la patience et la maturité que réclame la vocation du maître. Il avait de tout autres idées, et il résolut, sans plus attendre, de s'en ouvrir à notre Français.

Il fit immédiatement chercher sa fille pour lui servir d'interprète.

– Viens ici, Marie, et dis au *monsieur* que je ne le prends qu'à condition qu'il ne courra pas après mes servantes, et que s'il se le permettait, il se ferait éreinter... Traduis-lui cela, Marie.

Marie rougit jusqu'aux oreilles, et se tournant vers le Français elle lui dit que son père exigeait de lui de la décence et une bonne conduite.

Celui-ci s'inclina et répondit qu'à défaut de bienveillance, il espérait au moins se concilier l'estime.

Marie traduisit cette phrase à la lettre.

– Et parbleu ! dit Troïékourof, il n'a que faire d'estime et de bienveillance. Il est chargé d'apprendre à Sacha à lire, à écrire et sa géographie... je le tiens quitte du reste : traduis-lui cela.

Marie adoucit ce que ces expressions avaient de grossier : Cyrile congédia le Français d'un geste, et on lui prépara un logement dans une aile du château.

Marie, élevée dans les préjugés de l'aristocratie, ne faisait pas la moindre attention au nouveau commensal. À ses yeux, un précepteur était une sorte de domestique, un homme de peine, un ouvrier... et les gens de cette espèce, elle ne les comptait pas pour des hommes. Elle ne remarqua pas même l'impression qu'elle avait produite sur M. Desforges. Le trouble du jeune homme lorsqu'il la rencontrait, sa voix qui tremblait, en un mot tous les symptômes d'une passion naissante, restèrent pour elle inaperçus. Plus tard, elle le voyait sans le voir... Un incident imprévu vint changer l'opinion qu'elle avait du monsieur.

On élevait habituellement au château quelques jeunes ours, qui faisaient l'amusement du vieux seigneur. On les menait tous les jours dans la salle à manger, où il les mettait aux prises avec des chiens et des chats ; lorsqu'ils prenaient de la force, on les enchaînait, en attendant qu'ils pussent figurer dans un véritable combat. Quelquefois on les conduisait sous les fenêtres de Troïékourof : c'était un autre genre de divertissement. On roulait devant l'animal un tonneau défoncé dont l'intérieur était hérissé de pointes de fer. L'ours venait flairer le tonneau, y introduisait la patte avec circonspection, mais bientôt, blessé par les clous, il reculait en grognant. Il recommençait ce manège avec une rage toujours croissante, jusqu'à ce que Troïékourof fût las du spectacle. Il lui arrivait aussi de faire atteler deux ours à une britchka, et d'y faire monter bon gré mal gré quelques-uns des convives : puis après avoir ôté la chaîne à ces animaux, on les laissait aller en liberté. Alors la jubilation de Troïékourof était au comble.

Mais, de tous ces divertissements, le plus ingénieux et le plus délicat était sans contredit le suivant :

On enfermait un ours affamé dans une chambre vide. À un anneau fortement scellé dans la muraille pendait une chaîne dont la longueur, qui était presque celle de la loge, ne laissait qu'un des angles à l'abri des atteintes de l'animal. On y faisait entrer, sous quelque prétexte, tel ou tel nouveau venu, après quoi l'on fermait la porte. Resté seul avec l'ermite velu, le malheureux se réfugiait bien vite dans le coin de salut, trop heureux d'en être quitte pour des vêtements déchirés, et obligé souvent de rester là des heures entières, sentant sur lui le souffle du monstre qui faisait des efforts furieux pour briser sa chaîne.

Quelques jours après l'arrivée du précepteur, Troïékourof eut la fantaisie de le soumettre à l'épreuve de l'ours.

Un matin donc il fit appeler le Français, et le conduisit lui-même dans le corridor sombre. Tout à coup deux portes s'ouvrirent, et, avant d'avoir eu le temps de la réflexion, il fut poussé dans la loge par deux laquais qui refermèrent aussitôt la porte.

Lorsqu'il fut revenu de la première surprise, il aperçut l'ours couché dans un coin. L'animal flaira son hôte, se dressa sur ses pattes de derrière et s'avança vers lui. Desforges, qui conservait son sang-froid, resta immobile. L'ours approchait assez tranquillement. Lorsqu'il ne fut plus qu'à quelques pas de lui, Desforges tira un pistolet de poche, ajusta la bête à l'oreille, et l'étendit raide du coup.

Au bruit de la détonation, tout le monde accourut ; on ouvrit la porte en toute hâte, et Cyrile Pétrovitch entra dans la loge, tout consterné du mauvais succès de sa plaisanterie.

Il voulait savoir qui avait averti le Français, et pourquoi celui-ci portait une arme chargée.

On alla chercher Marie, qui traduisit les questions de son père.

– Personne ne m'avait averti, répondit Desforges ; mais j'ai l'habitude d'avoir sur moi un pistolet chargé, n'étant pas d'humeur à endurer des offenses pour lesquelles, dans ma position, je demanderais en vain satisfaction.

Marie le regarda avec étonnement, et traduisit cette réponse à son père.

Troïékourof, sans demander d'autres explications, ordonna de traîner dehors l'animal et de lui ôter la peau ; puis, se tournant vers ses gens :

– Voilà un gaillard ! Le diable sait s'il a eu peur.

Depuis ce moment, il affectionna Desforges, dont les preuves étaient faites.

Mais l'impression de cet événement sur Marie fut plus profonde encore. Elle ne pensait plus à autre chose. Sans cesse elle avait devant les yeux l'ours abattu, et près de lui Desforges, l'air assuré, lui répondant avec le calme des âmes fortes. Elle en conclut que la bravoure et le sentiment de ce qu'on vaut ne sont point le partage exclusif d'une classe, et elle témoigna au jeune maître une considération dont les progrès étaient de jour en jour plus sensibles. De nouveaux rapports s'établirent entre eux. Marie avait de la voix et des dispositions remarquables pour la musique : Desforges fut chargé de lui donner des leçons... Déjà elle aimait le Français, quoiqu'elle n'osât se l'avouer à elle-même.

9

La veille de la fête dont nous avons parlé dans le chapitre précédent, les convives arrivèrent en grand nombre. Quelques-uns furent logés dans le château et dans les ailes, d'autres s'établirent chez l'intendant, chez les ecclésiastiques et les paysans les plus aisés. Les écuries étaient remplies des chevaux des hôtes, les remises et les cours encombrées d'équipages de toute sorte.

À neuf heures du matin on sonna la messe... Tous se rendirent vers l'église en pierre que Troïékourof avait fait construire, et qu'il enrichissait annuellement de ses dons. Le nombre des étrangers était si considérable que les paysans, ne pouvant trouver de place dans l'église, durent entendre le service de dehors.

La messe allait commencer : on n'attendait plus que Cyrile Pétrovitch. Il arriva bientôt dans une magnifique calèche à six chevaux, et il alla solennellement s'asseoir à sa place, accompagné de Marie. Les hommes admiraient ses charmes, les femmes en étaient réduites à critiquer sa toilette.

Au même instant les musiciens de la chapelle entonnèrent le chant... De temps en temps la voix de Cyrile Pétrovitch se joignait à la leur. Il priait dévotement et d'un air orgueilleusement recueilli, et il s'inclina jusqu'à terre à l'instant où le diacre, haussant la voix, pria pour le fondateur du saint lieu.

La messe terminée, Troïékourof baisa le premier la croix.

Tous les assistants furent invités au repas. Cette foule gravitait autour du puissant seigneur ; les voisins lui présentaient leurs hommages, et les dames s'empressaient autour de Marie.

Troïékourof sortit de l'église, saluant de droite et de gauche ; puis il remonta en calèche et retourna chez lui, suivi de cet essaim d'invités.

Les appartements étaient pleins de convives ; à chaque instant il arrivait du monde, et ce n'était qu'à grand'peine qu'on pouvait arriver jusqu'au maître de la maison. Les femmes se réunirent en cercle, tandis que les hommes se pressaient bruyamment autour de la table où l'on avait servi le caviar et des liqueurs. Le service était de quatre-vingts couverts. Les laquais couraient de côté et d'autre d'un air affairé, portant des bouteilles et des carafes de cristal. Enfin le maître d'hôtel cria d'une voix forte :

– Vous êtes servis !

Cyrile Pétrovitch se plaça le premier, et après lui les dames, selon leur rang, tandis que les jeunes personnes se heurtaient au milieu de toute cette presse comme un troupeau de biches timides. Les hommes se placèrent en face d'elles, et Desforges se mit au bout de la table, à côté du petit Alexandre.

On présenta les plats aux convives selon l'ordre hiérarchique ; dans les cas douteux, la physionomie répondait pour le rang, ce qui entraîna de fréquentes méprises.

Cyrile Pétrovitch promenait sur cette table splendide un regard de satisfaction... Tout à coup l'on entendit le bruit d'une calèche.

– Qui est-ce qui arrive ? demanda Troïékourof.

Le domestique sortit et revint lui rendre réponse. La porte s'ouvrit, et l'on annonça M. Antoine Paphnutovitch Spitzoun. C'était un homme replet, d'une cinquantaine d'années, de figure ronde, marqué de la petite vérole et orné d'un triple menton. Il roula dans le salon, s'inclinant à droite et à gauche, ricana et bégaya quelques mots d'excuse.

– Un couvert ! s'écria Cyrile Pétrovitch. Mets-toi là, de grâce, Antoine Paphnutovitch, et raconte-nous ce qui t'arrive... Tu n'étais pas à la messe... passe encore ; mais te trouver en retard pour dîner ! Voilà qui n'est pas dans tes habitudes, car je te tiens pour un homme craignant Dieu et qui ne dédaigne pas les bons morceaux.

– Vous me pardonnerez, répondit d'une voix ronflante Antoine Paphnutovitch, en attachant sa serviette à la première boutonnière de sa redingote de nankin jaune ; vous me pardonnerez, mon cher Cyrile Pétrovitch. J'étais parti à temps ; mais je n'avais pas fait dix verstes... crac ! un cercle de fer se détache d'une des roues de devant... Que faire ? Heureusement que c'était à peu de distance d'un village... Mais le temps d'aller, de trouver le forgeron et de bâcler la réparation, tout cela a bien duré trois heures. Il ne me restait plus qu'à prendre, pour abréger, par le bois de Kisténovka... C'était bien contre mon gré, et j'aimais autant faire un détour.

– Tu ne me parais pas être d'un courage héroïque, dit d'un ton d'ironie l'amphitryon... De quoi donc avais-tu peur ?

– Comment, Cyrile Pétrovitch ! et Doubrovsky ! Avant qu'on ait eu le temps de se reconnaître, il a mis la griffe sur vous. C'est un gaillard qui ne laisse passer personne sans lui tirer quelques plumes... et pour moi il ne se contenterait pas de me plumer... il lui faudrait aussi ma peau.

– Et pourquoi serais-tu privilégié ?

– Et le procès avec feu André Gavrilovitch ? murmura le replet convive... N'est-ce pas moi qui, pour vous être agréable, dans les limites toutefois de mon devoir et de ma conscience, ai arrangé les choses de manière à ce que Doubrovsky n'ait d'autre droit sur Kisténovka que les bontés de Votre Excellence ? Que Dieu ait pitié de l'âme du vieillard ! Il avait promis de régler avec moi à sa manière, et le fils se souviendra de cette promesse. Jusqu'à présent, grâce à Dieu ! ils se sont contentés de me débarrasser une grange ; mais il ne s'en est fallu que de bien peu qu'ils ne visitassent la maison.

– Et il y avait quelque chose à faire dans la maison,

reprit en riant Cyrile Pétrovitch. La cassette rouge est pleine à rompre !

– Il y a eu un temps ; mais à présent il faudrait être bien fin pour y trouver quelque chose.

– Tais-toi, Antoine Paphnutovitch ! comme si nous ne te connaissions pas ! Où va donc tout ton argent ? Tu vis chez toi comme un ladre ; tu ne donnerais un morceau de pain à personne... tu pressures tes paysans, et tu ne penses qu'à entasser...

– Vous aimez toujours à plaisanter, répliqua le gros homme d'un ton aigre-doux... mais Dieu le sait ! je suis un homme ruiné !

Pour faire passer cette pilule amère, il avala un gros morceau de pâté de foie gras ; mais Cyrile Pétrovitch se tournant vers le nouveau capitaine du cercle, qui lui rendait visite pour la première fois, et qui était assis à l'autre bout de la table à côté de Desforges :

– Eh bien ! monsieur le capitaine du district, lui dit-il, montre-nous un peu ce que tu sais faire, et arrête-nous Doubrovsky.

Le capitaine parut embarrassé ; il s'inclina en riant, et répondit :

– Excellence, nous y ferons notre possible.

– Faire son possible ! Il y a longtemps que vous faites votre possible ; et cela ne mène pas à grand'chose.

– C'est vrai ! Excellence, reprit le pauvre capitaine tout décontenancé.

Les convives riaient.

– J'aime la franchise de cet homme, dit Troïékourof, mais c'est dommage que nous ayons perdu son prédécesseur. S'il n'avait pas été brûlé, la contrée serait tranquille... Et ce Doubrovsky, qu'en dit-on ? Quelles sont ses dernières prouesses ?

– Il a été chez moi, Cyrile Pétrovitch, répondit une voix de femme. Je lui ai donné à dîner mardi dernier.

Tous les regards se portèrent du côté de la personne qui venait de parler, et l'on supplia la veuve Globof de raconter la chose.

– Il faut d'abord que vous sachiez, dit-elle, qu'il y a de cela environ trois semaines, j'avais envoyé mon intendant porter à la poste une lettre pour mon Ivan. Je ne gâte pas mon fils, et quand je le voudrais, mes moyens ne me le permettraient pas.

Mais un officier aux gardes doit avoir une tenue convenable, et je lui abandonne la moitié de mon modique revenu. La lettre renfermait deux mille roubles. J'avais bien pensé à Doubrovsky, mais ensuite je me suis dit : il n'y a que sept verstes jusqu'à la poste ; il aura toujours le temps d'arriver. J'attends... j'attends... enfin, le soir, arrive mon intendant, blanc comme un linge, et les vêtements tout déchirés... je m'apitoie... qu'as-tu ? qu'est-ce qu'ils t'ont fait ? – Anne Savitchna ! me répondit-il, les voleurs m'ont dépouillé. Ils voulaient même me pendre... Doubrovsky était avec eux... Enfin, il a eu pitié de moi... Mais ils m'ont tout pris, jusqu'à mon cheval et ma voiture ! J'étais sur le point de m'évanouir... Dieu du ciel ! me disais-je, que deviendra mon Ivan ? Mais tout cela ne servait à rien. Je l'informai de l'accident par une seconde lettre, et lui envoyai ma bénédiction au lieu d'argent.

Il se passa une semaine, puis une seconde... Un beau jour, une calèche s'arrête devant ma porte. On m'annonce qu'un général désire me parler. Je le fais prier de monter. Je vois entrer un homme d'environ trente-cinq ans, portant moustache. – Une belle tête brune, ma foi ! Il s'annonça comme un ancien ami d'Ivan Andréïévitch, que Dieu ait pitié de son âme ! et me dit qu'il n'avait pas voulu passer devant la maison sans entrer, sachant que c'était ma demeure. Je lui fis servir à dîner. Nous parlions de choses et d'autres ; enfin la conversation tomba sur Doubrovsky, et je lui racontai l'histoire de mon argent. Mon général fronçait le sourcil. C'est singulier, me dit-il, j'avais toujours entendu dire que Doubrovsky n'attaque que les vieux richards, et même qu'avec ces derniers il partage ; mais personne ne peut lui reprocher un meurtre. Il y a peut-être une friponnerie là-dessous. Faites venir votre intendant. À peine fut-il en présence du général, que notre homme devint roide de peur.

– Tu vas nous raconter un peu ta rencontre avec les gens de Doubrovsky, lui dit mon hôte ; je serais curieux d'entendre ce récit de ta bouche.

L'intendant n'avait plus la force d'articuler une syllabe.

– Eh bien !

– Il m'a dit, répondit l'intendant : – Où vas-tu ? et que vas-tu faire ?

– Et après ?

– Après ? il a demandé la lettre et l'argent... que j'ai remis entre ses mains.

– Et après ?

– Il m'a rendu la lettre et l'argent, en disant : – Que le bon Dieu te bénisse ! va faire ta commission.

– Eh bien !

– Grâce ! grâce !

– Attends, mon mignon ; c'est à moi que tu vas avoir affaire. Je gagerais que l'argent est dans le tiroir de cet homme... Qu'on s'en assure... je me charge de le corriger. Sachez que Doubrovsky lui aussi a été officier de la garde et qu'il ne voudra jamais dépouiller un camarade.

Il n'y avait plus lieu de douter... Les perquisitions faites, l'argent fut retrouvé. Le général dîna comme si de rien n'était, après avoir fait attacher le coupable au siège de sa calèche. Enfin il prit congé de moi avec l'aisance d'un homme du monde, et le lendemain on trouva dans la forêt mon intendant pendu à un chêne, et le dos tout déchiré.

Tous les convives écoutaient en silence, surtout les jeunes filles, qui voyaient dans Doubrovsky un héros de roman, et, plus que toutes les autres, Marie, dont l'esprit était nourri des fictions d'Ann Radcliffe.

– Et vous vous figurez que c'était Doubrovsky ? dit

Troïékourof... Vous êtes dans l'erreur, Anne Savitchna... à coup sûr ce n'était pas lui.

– Et quel autre que Doubrovsky arrête les gens pour les fouiller ?

– Ceci est une autre question ; mais je dis que votre homme n'était pas Doubrovsky. Il me semble encore le voir quand il n'était qu'un enfant. Ses cheveux peuvent avoir bruni ; mais alors c'était une tête blonde et bouclée. Quant à l'âge, il ne peut guère avoir plus de vingt-trois ans : il a cinq ans de plus que Marie.

– C'est juste, Excellence, dit le capitaine du cercle : le signalement que j'ai sur moi ne porte que vingt-trois ans.

Ici le capitaine prit un air important, tira un papier de sa poche, et lut ce qui suit :

Signalement de Doubrovsky d'après les renseignements donnés par les domestiques.

Âge .... vingt-quatre ans,
Taille .... moyenne,
Figure .... ovale,
Barbe .... rasée,
Yeux .... bruns,
Cheveux .... blonds,
Nez .... droit,
Signes particuliers ....

– Est-ce tout ? demanda Troïékourof.

– Tout, répondit le capitaine en repliant le papier.

– Je vous fais mon compliment, monsieur le capitaine... Avec un signalement pareil, il est impossible que vous manquiez votre homme ! Qui est-ce qui n'est pas de taille moyenne ? Qui est-ce qui n'a pas les cheveux blonds et le nez droit ?... Eh, mon ami, je parierais que tu parlerais des heures entières avec Doubrovsky sans te douter que ce fût lui... Il faut convenir que vous êtes de fines mouches, vous autres gens de police !

Le capitaine, sans mot dire, serra le document dans

sa poche, et, par manière de compensation, mit toute une perdrix aux choux sur son assiette.

Les domestiques remplissaient les verres à la ronde. Les bouchons sautaient au plafond, et les convives, par politesse, avaient l'air de prendre pour du champagne véritable la liqueur frelatée du Don... Les figures s'animaient, et les conversations, de plus en plus incohérentes, se croisaient au milieu du bruit.

– Vous verrez qu'il faudra que je m'en mêle, dit Troïékourof ; j'ai envie de donner la chasse à ce Doubrovsky avec mes gens. Je l'aurai bientôt relancé dans ses repaires... Quand on se fait un jeu d'attaquer un ours, on n'a pas peur d'une bande de brigands.

– À propos d'ours, que fait le vôtre ? demanda d'un air circonspect Antoine Paphnutovitch, qui se rappelait certain tête-à-tête avec l'ermite velu.

– Celui-là a pris définitivement congé de nous : il a fini de la mort des braves, sous les coups de l'ennemi. Voilà son maître (et, en disant ces mots, il montrait du doigt Desforges), de sorte que ton ancienne querelle avec l'ours se trouve réglée... Tu te rappelles, Antoine Paphnutovitch ?

– Ce sont de ces plaisanteries qu'on n'oublie guère, repartit celui-ci... C'est dommage ; on trouvera difficilement un animal aussi intelligent... Et pourquoi le *monsieur* l'a-t-il tué ?

Troïékourof raconta la chose, en s'étendant avec complaisance sur les détails, et se faisant un mérite de l'action d'un homme qui était à ses gages. Tous les regards se portèrent sur le Français, qui, assis près de son élève, paraissait exclusivement occupé de lui apprendre comment un enfant doit se tenir à table.

Après avoir passé trois grandes heures à table, on se leva, et l'on passa dans le salon où le café attendait les convives. On joua, et l'on continua de boire.

10

Vers sept heures du soir, plusieurs convives parlaient de se retirer, mais Troïékourof, que le punch avait mis de belle humeur, donna l'ordre de fermer les portes de la cour, et déclara que personne ne sortirait avant le lendemain matin. Bientôt le son des violons et des hautbois se fit entendre, et le bal commença. L'amphitryon, entouré de quelques intimes, était assis dans un coin, prenant plaisir à la joie des jeunes gens, et vidant verre sur verre. Les mamans se mirent au jeu, et, comme on manquait de cavaliers, tous les hommes furent tenus de danser bien ou mal. Desforges, qui valsait parfaitement, enleva les suffrages des dames, et il eut plusieurs fois l'honneur de danser avec Marie, ce qui donna lieu à quelques remarques plus ou moins malignes.

À minuit, Troïékourof fit cesser le bal ; on servit le souper, et le maître de la maison se retira dans sa chambre à coucher.

Son absence laissa plus de liberté aux convives ; les plaisanteries prirent un caractère plus hasardé ; les jeunes filles riaient et rougissaient... la gaieté avait atteint son plus haut, et les mamans elles-mêmes se renvoyaient d'un bout de la table à l'autre leurs plaisanteries malicieuses. Mais, au milieu de l'animation générale, un seul convive s'isolait dans son humeur morose : c'était Antoine Paphnutovitch. Il avalait quelques morceaux d'un air distrait, et demeurait silencieusement plongé dans ses réflexions.

L'histoire des brigands ne lui sortait pas de l'esprit, et ce n'était pas sans motif. Il disait vrai en protestant à Cyrile Pétrovitch que sa cassette était vide ; mais il n'avait pas ajouté que les billets de banque qu'elle renfermait avaient passé dans une ceinture soigneusement dissimulée sous ses vêtements. Tremblant sans cesse pour son trésor, il était on ne peut plus contrarié d'avoir à passer une nuit hors de chez lui, et il appréhendait vivement qu'on ne lui assignât un gîte dans quelque corps de logis éloigné, où les voleurs auraient bon marché de sa personne. Il hésita longtemps sur le choix d'un compagnon de danger ; mais enfin, l'extérieur de Desforges, qui annonçait la force, et la résolution dont il avait fait preuve dans sa rencontre avec l'ours le décidèrent. Il tourna autour du Français, toussa à diverses reprises, et finit par lui demander s'il n'y aurait pas place pour deux dans son réduit. Desforges reçut ses avances avec politesse, et le pria de s'expliquer en français. Antoine Paphnutovitch était peu versé dans la langue des négociations ; cependant, la peur aidant, il finit par se faire comprendre.

– Je suis à vos ordres, répondit Desforges.

Les convives se retirèrent dans les appartements qu'on leur avait assignés, et Antoine Paphnutovitch suivit le Français dans une des ailes du château. La nuit était obscure ; Desforges alluma une lanterne, et, tout en marchant, notre avare se tâtait pour s'assurer si la précieuse ceinture reposait toujours sur son cœur. L'avare et le précepteur se déshabillèrent. Avant d'éteindre la lumière, Antoine Paphnutovitch procéda à l'inspection des lieux. Le résultat fut peu rassurant... la porte ne fermait qu'au loquet ; les fenêtres étaient sans volets. Il essaya de traduire ses doléances en mauvais français ; mais, voyant que son compagnon n'y entendait rien, il en prit son parti. Tous deux se mirent au lit, et Desforges souffla la chandelle.

– Pourquoi... pourquoi, monsieur, vous faire ?... Je pas aimer dormir dans l'obscurité.

Desforges fit semblant de ne pas comprendre, et lui souhaita la bonne nuit.

– Damné païen ! murmura l'avare en s'enveloppant dans ses couvertures... par ma foi ! il n'y gagnera rien !... Monsieur !... hé ! Monsieur ! je dormir jamais sans la clarté... Vouloir parler avec vous... Moi payer à vous petite leçon française...

Desforges se mit à ronfler.

– Il dort déjà comme une brute !... Avant que je ne

parvienne à l'éveiller, les voleurs auront le temps de se glisser dans l'escalier ou d'escalader la fenêtre. On tirerait le canon qu'il ne bougerait pas ! On voit bien que cela n'a rien à perdre !... Monsieur ! holà !... Monsieur !... Que le diable t'emporte !

Enfin notre avare se tut de guerre lasse ; la fatigue et les fumées du vin finirent par triompher de la peur, et il s'endormit profondément.

Terrible fut son réveil. Il croyait rêver qu'une main le tirait doucement par le collet de sa chemise ; il ouvrit de grands yeux, et, à la lueur blafarde d'une matinée d'automne, il vit Desforges debout devant son lit. Le Français tenait d'une main un pistolet de poche, tandis que de l'autre il débouclait la précieuse ceinture.

Antoine Paphnutovitch était à demi mort de peur.

– Que faites-vous, monsieur ?... que faites-vous ?

– Tais-toi ! répondit le Français dans le dialecte russe le plus pur ; tais-toi, ou tu es mort !... Je suis Doubrovsky.

11

Quelques mois avant cet incident, un voyageur attendait à une station qu'on voulût bien mettre des chevaux à sa britchka. À sa patience et à la modestie de ses allures, on devinait l'homme dépendant, ou l'étranger qu'un maître de poste ne satisfait que lorsqu'il n'a rien de mieux à faire. Un léger portemanteau composait tout son bagage. Le passager ne se fit servir ni thé, ni café ; en attendant qu'on s'occupât de lui, il sifflait et regardait par la fenêtre, ce qui paraissait scandaliser l'inspectrice assise derrière une cloison voisine.

– Qu'a donc à siffler ce maudit hérétique ? murmura-t-elle entre ses dents ; je voudrais qu'il sifflât son *De profundis !*

– Et que diable cela peut-il te faire ? lui dit son mari ; laisse-le siffler à cœur joie.

– Tu ferais mieux de lui donner des chevaux, pour qu'il puisse déguerpir au plus vite, reprit la vieille.

– Le Français peut bien attendre. Il n'a qu'à nous arriver des voyageurs comme il faut ; ils n'attendront pas leurs chevaux avec la même patience... je n'irai pas dégarnir l'écurie. Justement ! s'écria le maître de poste, voilà quelqu'un qui paraît pressé... il va comme le vent. Cela doit être un général.

Une calèche s'arrêta devant la station, un domestique sauta à bas du siège et ouvrit la portière d'où s'élança un jeune homme en casquette et en manteau militaire. Il entra dans la maison suivi d'un laquais portant une cassette qu'il déposa sur la table.

– Des chevaux ! s'écria l'officier d'un ton de commandement.

– Tout de suite... répondit l'inspecteur... Ayez la bonté de me montrer votre passeport.

– Je n'en ai pas... je ne voyage pas sur la grande route... Dépêche seulement... Est-ce que par hasard tu ne me reconnaîtrais pas ?

L'inspecteur considéra l'officier avec plus d'attention, et partit comme l'éclair pour donner des ordres. En attendant, le nouveau venu se promenait de long en large. Il s'approcha de l'inspectrice et lui demanda à voix basse qui était l'autre voyageur.

– Dieu sait ce que c'est que ce Français, répondit la vieille. Voilà bien cinq heures qu'il siffle en attendant les chevaux. Ces gens-là n'ont pas plus d'usage... !

L'officier s'approcha du jeune homme, et lui adressa la parole en français. Il apprit de lui qu'il était engagé comme précepteur chez un seigneur du voisinage, qu'il espérait arriver le soir même, mais qu'il ne pouvait obtenir des chevaux.

– Et chez qui êtes-vous engagé ?

– Chez le général Troïékourof.

– Ma foi ! je ne vous en fais pas mon compliment. On dit que c'est un tyran dans sa maison, et que ses rapports sont loin d'être agréables.

– Que voulez-vous ? Il me donne trois mille roubles d'appointements et me défraie du voyage. J'ai une mère âgée qui vivra à l'aise avec la moitié de mon traitement ; en économisant sur le reste, je compte me faire un petit capital, et au bout de cinq ans je retourne à Paris et je fais des affaires pour mon compte.

– Quelqu'un vous connaît-il dans la maison de Troïékourof ?

– Personne. Un de mes amis, qui avait fait avec moi son apprentissage chez un confiseur, est maintenant cuisinier chez un parent du général Troïékourof ; le cuisinier m'a recommandé à ce parent, et ce parent au général.

L'officier écoutait d'un air pensif.

– Si au lieu de cette espérance incertaine, on vous offrait dix mille roubles argent comptant, sous la condition que vous partirez tout de suite pour Paris ?

Le Français regarda l'officier avec étonnement.

– Les chevaux sont attelés ! cria l'inspecteur.

– Sans plaisanterie, reprit l'officier ; je vais vous compter les dix mille roubles, mais il faut que vous partiez sans retard, et que vous me remettiez vos papiers.

Il ouvrit la cassette, et y prit un paquet de billets de banque.

Le Français ouvrait de grands yeux, et ne savait plus qu'en penser...

– Ce ne peut être qu'une mystification... ce départ... Et mes papiers... à quoi bon ?

– Ceci ne vous regarde aucunement... Consentez-vous, oui ou non ?

Le Français, à tout hasard, tira ses papiers d'un portefeuille et les présenta à l'officier.

– Le passeport ; des lettres de recommandation, l'extrait de baptême... Tout est en règle... Tenez, comptez votre argent et partez au plus vite... Adieu.

Le Français croyait rêver... Il était déjà près de la porte, lorsque l'officier courut après lui :

– J'avais oublié le principal... Tout ceci doit rester entre nous... vous m'en donnez votre parole ?

– Je vous la donne... mais comment vais-je faire sans papiers ?

– À la première ville, vous vous présentez aux autorités, et vous déclarez que vous avez été arrêté et dépouillé par les gens de Doubrovsky. La chose paraîtra probable, et l'on vous donnera d'autres papiers pour continuer votre voyage.

L'officier remonta en calèche, et partit comme l'éclair. L'inspecteur le suivit quelque temps des yeux de la fenêtre, et lorsqu'il l'eut perdu de vue il dit à sa femme :

– Sais-tu qui c'était ?... Doubrovsky.

La vieille se précipita vers la fenêtre, mais la calèche avait disparu.

– Et tu me dis cela maintenant ! s'écria la vieille avec humeur... Maintenant Dieu sait si j'aurai jamais occasion de le revoir.

Le Français attendit ses chevaux jusqu'au soir ; sans les billets dont le volume arrondissait sa poche, il eût douté de la réalité de l'aventure ; enfin il monta dans sa britchka, et se mit en route au petit trot.

Muni de ces papiers, Doubrovsky se présenta chez Troïékourof où il reçut l'accueil dont nous avons parlé plus haut. Nourrissait-il quelque projet ? Jusqu'alors il n'avait rien entrepris contre Troïékourof. Il s'occupait fort peu du jeune Alexandre ; mais en revanche il donnait les soins les plus assidus à Marie qui passait avec son maître des journées entières au piano. En peu de temps, le prétendu précepteur s'était concilié l'affection de tout le monde. Troïékourof en faisait grand cas parce qu'il était excellent tireur ; Marie l'aimait à cause de son zèle qui ne se démentait jamais ; Alexandre pour son indulgence, et les domestiques pour sa libéralité. Lui-même semblait avoir pour la famille un véritable attachement, et se regarder comme en faisant partie. Un mois s'était écoulé depuis la fête qu'avait donnée

Troïékourof. Doubrovsky, depuis ce temps, n'avait pas quitté Pakrovsky, ce qui n'empêchait pas les bruits sur sa bande de se répandre ; soit que la peur leur donnât naissance, soit que l'absence du chef n'arrêtât pas les expéditions des brigands.

Doubrovsky n'avait pu résister au désir de châtier Antoine Paphnutovitch, un des principaux instruments de sa ruine. Grande avait été la consternation de l'avare lorsqu'au lieu d'un modeste précepteur, il s'était trouvé tout à coup sous la main vengeresse de celui dont le nom seul faisait trembler tous les seigneurs du district.

12

Cependant l'existence des habitants de Pakrovsky s'écoulait dans une uniformité monotone. Cyrile Pétrovitch chassait tous les jours. La lecture, la promenade et surtout la musique remplissaient les loisirs de Marie dont le cœur commençait à parler. Elle s'avouait, non sans une sorte de crainte, qu'elle n'était pas restée insensible au mérite du jeune Français qui d'ailleurs n'avait jamais dépassé les bornes des plus strictes convenances, ce qui rassurait en quelque sorte l'orgueil et les doutes timides de la jeune fille. La séduction, pour être lente et voilée n'en était que plus irrésistible. Bientôt la présence de Desforges lui devint nécessaire ; absent elle le cherchait ; présent elle ne pouvait s'occuper que de lui seul, et en toute chose, l'opinion du précepteur devenait sa règle. Peut-être n'était-ce pas encore une passion, parce que rien encore n'avait contrarié le calme et la facilité de leurs relations, il fallait une secousse, un obstacle pour lui révéler l'état réel de son cœur.

Un jour, en entrant dans le salon où l'attendait Desforges, elle remarqua avec surprise qu'il était pâle et ému. Elle se mit au piano et fit quelques accords... Son maître la pria de l'excuser, et prétexta un violent mal de tête ; mais tout en replaçant le cahier de musique, il glissa un billet dans la main de Marie, et sortit avant qu'elle eût le temps de se reconnaître. Elle se retira en toute hâte dans sa chambre et lut ce qui suit :

« Je vous attends ce soir à sept heures, sous la ton-
« nelle, près de la source ; j'ai à vous faire une commu-
« nication urgente. »

La curiosité de Marie était excitée au plus haut degré : il est vrai qu'elle avait le pressentiment instinctif d'un aveu prochain, mais sa satisfaction était mêlée de trouble ; elle ne pouvait se dissimuler qu'elle faisait une faute en écoutant la déclaration d'un homme qui ne pouvait prétendre à sa main. Après bien des combats, elle résolut de se trouver au rendez-vous, et elle n'hésitait plus que sur la manière d'accueillir l'aveu du précepteur. Feindrait-elle la colère, se contenterait-elle de tourner la chose en plaisanterie, ou lui témoignerait-elle une bienveillante compassion, sans lui laisser pénétrer ses sentiments véritables ? Dans ses incertitudes, elle consultait à chaque instant sa montre. Déjà le crépuscule annonçait l'heure désirée ; il arriva quelques visites ; et Troïékourof proposa une partie de whist.

La pendule marquait six heures trois quarts. Marie sortit, descendit l'escalier d'un pas timide, et s'enfonça rapidement dans les allées du jardin.

Le ciel était sombre et couvert, à peine pouvait-on distinguer les objets à quelques pas... elle fut bientôt près de la tonnelle. Elle voulait s'arrêter un moment pour composer son maintien, mais déjà Desforges était devant elle.

– Merci, lui dit-il d'une voix émue, d'avoir écouté ma prière... un refus m'eût désespéré.

– J'espère, répondit Marie, que vous ne me donnerez pas lieu de me repentir de mon indulgence.

Après quelques instants de silence, il reprit d'une voix tremblante :

– Des circonstances impérieuses me forcent à vous

quitter... peut-être apprendrez-vous bientôt... Quoi qu'il arrive, une explication est nécessaire.

Marie écoutait en silence, ne voyant dans le désordre de ces paroles que le préambule de l'aveu qu'elle attendait.

– Vous m'avez pris pour Desforges, continua-t-il ; détrompez-vous... je suis Doubrovsky.

Marie ne put retenir un cri.

– Au nom du ciel ! que ce nom ne vous inspire aucune crainte ! Chassé de la maison paternelle par l'injustice de votre père, je suis le malheureux dont vous connaissez les crimes... Mais vous n'avez rien à redouter ni pour vous ni pour lui... mon cœur a tout oublié... C'est vous seule qui l'avez sauvé de mon ressentiment. Ma vengeance devait commencer par lui... J'ai rôdé autour de cette demeure, méditant la ruine et l'incendie... mes mesures étaient prises... j'aurais pénétré jusque dans sa chambre, et je lui aurais dit : Tu n'échapperas pas au fils de Doubrovsky ! Alors vous m'apparûtes comme un ange de paix, et ma fureur tomba devant vous. À mes yeux cette maison que vous habitiez était un sanctuaire ; ma main ne pouvait se lever contre le père de Marie !... Pendant des jours entiers, j'ai rôdé autour du village dans l'espoir d'apercevoir de loin votre robe blanche... Souvent je vous ai suivie dans vos promenades, heureux de sentir que ma protection vous entourait. Enfin un hasard heureux m'a offert l'occasion d'entrer dans votre maison. Les jours que j'y ai passés ont été les plus beaux de ma vie, et resteront à jamais la consolation de ma misérable existence !... J'ai reçu aujourd'hui un avis qui nécessite impérieusement mon départ... Je vous quitte... il le faut !... Mais je ne voulais pas m'éloigner chargé de votre mépris, de vos malédictions. Pensez quelquefois à Doubrovsky... Oh ! dites-vous : il n'était pas né pour une vie infâme, celui qui m'a aimée avec toute l'énergie de son âme, avec tout le respect...

Ici un sifflement aigu se fit entendre... Doubrovsky

saisit brusquement la main de Marie, et la pressa contre ses lèvres.

Un second sifflement retentit avec plus de force.

– Ce signal me regarde, dit le jeune homme... Une minute de retard me perdrait !

Il sortit avec précaution de la tonnelle où Marie resta comme anéantie... Elle le vit s'arrêter pour la regarder encore une fois.

– Si jamais, lui dit-il, vous aviez besoin de secours, d'une protection quelconque, promettez de ne vous adresser qu'à moi.

Et comme Marie pleurait sans rien dire :

– Vous me perdez ! s'écria-t-il ; et cependant, je ne m'éloignerai que quand vous aurez parlé !

– Je vous le promets ! dit-elle enfin.

Il disparut.

Marie, dans un trouble impossible à décrire, se hâta de regagner la maison. Il lui sembla de loin qu'il se passait quelque chose d'extraordinaire. Plusieurs personnes étaient groupées dans la cour ; une britchka à trois chevaux attendait devant la porte ; les domestiques couraient dans toutes les directions, et la voix de Troïékourof retentissait au milieu de ce tumulte. Marie monta vite au salon, craignant que son absence n'eût été remarquée.

Cyrile Pétrovitch vint à sa rencontre ; les visiteurs entouraient le capitaine du cercle et l'accablaient de questions. Ce dernier, en manteau de voyage et armé de pied en cap, les regardait d'un air inquiet et mystérieux.

– Où donc étais-tu, Marie ? demanda Troïékourof. N'as-tu pas vu Desforges ?

Marie eut à peine la force d'articuler une réponse négative.

– Figure-toi que le capitaine veut l'arrêter... il prétend que c'est Doubrovsky.

– Excellence ! dit le capitaine d'un ton respectueux, le signalement...

– Va te promener avec ton signalement ! Je ne te livrerai pas mon Français avant d'avoir examiné moi-même la chose. Où est le précepteur ? demanda-t-il à un laquais qui entrait... – Vous allez ajouter foi à la dénonciation d'Antoine Paphnutovitch ! L'imbécile aura rêvé que mon précepteur le volait... Pourquoi est-il parti le lendemain sans rien dire ?

– Excellence, le Français lui avait défendu sous les plus fortes menaces d'en souffler mot.

– Quelle absurdité ! Il faut que tout cela s'explique... J'ai demandé le précepteur !

– Impossible de le trouver, répondit le laquais.

– Qu'on le cherche !... Montre-moi un peu ton signalement, dit-il au capitaine, car il commençait à concevoir quelques doutes.

Comme il parcourait le papier d'un air pensif, le domestique vint annoncer pour la seconde fois qu'on ne pouvait trouver le précepteur. Marie était plus morte que vive ; elle tremblait, et son père paraissait inquiet.

– Comme tu es pâle, Marie ! Tu as peur, n'est-ce pas ?

Elle prétexta une migraine, baisa la main de Troïékourof et se retira dans son appartement. Là, elle se jeta en sanglotant sur son lit, et, pour se débarrasser de sa femme de chambre, elle feignit de s'assoupir.

Cependant la maison fut fouillée du haut en bas. Troïékourof se promenait de long en large dans le salon, en sifflant son air de guerre : Tonnez, foudres de la victoire ! On se parlait à voix basse... le capitaine n'était pas le moins embarrassé. Où peut-il s'être caché ? Peut-être aura-t-il été averti à temps... Chacun se perdait dans ses hypothèses. Enfin Troïékourof, impatienté, congédia le capitaine et déclara à la compagnie qu'il allait se coucher, n'étant pas d'humeur à passer une nuit blanche.

13

L'hiver se passa. Troïékourof avait repris son train de vie ordinaire. Le mois de mai avait clos le deuil de l'année, et le prince Véréisky, un des voisins de Troïékourof, était venu visiter ses terres, après un long séjour à l'étranger. Son bien était à une distance d'environ trente verstes de Pakrovsky. Il était administré, en l'absence du prince, par un major en retraite, qui ne connaissait point Troïékourof. Habitué à une vie dissipée, le prince ne fut pas trois jours dans sa résidence que la solitude lui parut insupportable. Il lui prit fantaisie d'aller demander à dîner à son voisin Troïékourof, qu'il n'avait vu de sa vie.

C'était un homme de cinquante ans environ ; mais on lui aurait donné plus que son âge. Des débauches de toutes sortes avaient ruiné sa santé et imprimé sur son front leur caractère ineffaçable. Avec tout cela, son extérieur était aimable, et l'habitude du grand monde lui donnait, surtout auprès des femmes, ce vernis d'agrément qui tient lieu de mérite. Il lui fallait à tout prix des distractions pour échapper à l'ennui qu'entraîne la satiété.

Cyrile Pétrovitch se trouva flatté de sa visite. Il ne manqua pas de lui montrer sa maison, ses écuries, sa meute, ses jardins dans l'ancien style français, avec leurs allées régulières et leurs arbres soigneusement taillés, ce qui déplut souverainement à son hôte, que l'odeur du chenil avait passablement incommodé. Cependant il loua tout avec politesse, et joua même de temps en temps le ravissement. Enfin il fut délivré de l'obligation d'admirer par l'annonce que le dîner était servi. Il se repentait déjà, en entrant tout fatigué dans le salon, de la démarche qu'il venait de faire, lorsque Marie vint à leur rencontre.

Le vieux fat fut ébloui de sa beauté. Il prit place près d'elle, et se sentit comme rajeuni par sa présence. Il ne négligea rien pour attirer l'attention de la jeune personne, et sa conversation devint réellement intéressante. Après dîner, Cyrile Pétrovitch proposa une promenade à cheval ; mais le prince s'excusa en montrant ses bottes de velours et en plaisantant aussi agréablement qu'il est possible de le faire sur les exigences de la goutte. Il fut donc résolu qu'on sortirait en voiture, mais à condition que l'aimable Marie serait de la partie. Chemin faisant, la conversation ne tarit pas un seul instant. Marie écoutait avec plaisir ce jargon nouveau pour elle.

Tout à coup le prince demanda à son voisin ce que c'était que ces ruines, et si l'endroit incendié lui appartenait.

Troïékourof fronça le sourcil... l'aspect désolé de Kisténovka ne lui rappelait que des souvenirs pénibles.

– C'est à moi maintenant, répondit-il ; mais autrefois Kisténovka appartenait à Doubrovsky.

– À Doubrovsky ? interrompit le prince ; au fameux voleur ?

– À son père... quoique, à vrai dire, le père fût aussi un voleur.

– Et que fait maintenant notre Rinaldo ? Est-il pris ? exerce-t-il encore ?

– On n'est pas encore parvenu à l'arrêter... Mais à propos, ne vous a-t-il pas fait sa visite ?

– On m'a dit qu'en effet il était venu l'année passée, et que sa bande en agit très cavalièrement... N'est-il pas vrai, belle voisine, qu'un héros de cette étoffe serait intéressant à connaître ?

– Elle n'aurait pas même l'attrait de la nouveauté, reprit Troïékourof, puisqu'il lui a donné des leçons de musique pendant trois semaines... Mais, Dieu soit loué ! il a donné ses leçons gratis !

Ici Troïékourof se mit à raconter l'histoire de Desforges. Marie était sur des épines. Le prince trouva l'anecdote piquante et changea de conversation. On rentra à Pakrovsky, et le prince, malgré les instances de son hôte pour passer la nuit au château, partit après le thé, non sans avoir fait promettre à Troïékourof et à sa fille de venir le voir. Le vieux général pensa qu'avec le titre de prince, plusieurs décorations et une fortune de trois mille âmes, son voisin pouvait, sans trop de présomption, traiter avec lui sur un pied d'égalité.

14

Quelques jours après, Troïékourof et Marie allèrent rendre leur visite au prince. En entrant dans le village, ils ne pouvaient s'étonner assez de l'air gai et propre des maisons des paysans et de la magnificence du château, qui était construit et distribué dans le goût anglais. Un boulingrin du plus beau vert s'étendait devant la façade ; des vaches suisses, paissant çà et là, animaient le paysage et faisaient retentir leurs grelots. Un parc immense, où l'art s'était efforcé de surprendre les plus beaux effets de la nature, entourait l'habitation seigneuriale et s'harmonisait avec les lointains du site.

Le prince vint recevoir ses hôtes jusqu'au bas du perron, et aida lui-même sa jolie voisine à descendre de voiture. Ils entrèrent dans un salon somptueux, et ils purent remarquer que le couvert n'était mis que pour trois personnes. De la vaste fenêtre en ogive on découvrait une vue délicieuse. La Volga déroulait au loin son cours sinueux ; des barques chargées et les voiles au vent se balançaient sur les vagues du fleuve, tandis que des bateaux pêcheurs le sillonnaient dans tous les sens. Du côté oriental, le rivage s'élevait graduellement jusqu'à des montagnes bleuâtres qui allaient se confondre avec l'horizon. Des champs d'une riche culture et des villages groupés çà et là complétaient ce magnifique tableau. Lorsqu'ils eurent admiré ces beautés naturelles, le prince leur montra sa galerie, qu'il avait formée à grands frais dans ses voyages à l'étranger. Il parlait en homme de goût des œuvres des grands maîtres, et sans affecter le jargon des connaisseurs. Marie l'écoutait avec plaisir. On servit le dîner, et Troïékourof paya un juste tribut d'éloges au génie du cuisinier et au vin de son amphitryon, tandis que Marie, tout entière aux charmes de cette élégante causerie, s'étonnait de se trouver si à l'aise avec un homme qu'elle voyait pour la seconde fois. Le dîner fini, le prince proposa une promenade dans le parc. On servit le café dans un kiosque qui s'élevait sur le bord d'un lac tout parsemé d'îles. Tout à coup une musique d'instruments à vent se fit entendre, et une magnifique gondole s'approcha du kiosque. Le prince engagea ses hôtes à y monter, et l'on rama vers les îles. Partout Marie trouvait quelque chose d'imprévu à admirer. Ici, c'était une statue ; là, une grotte solitaire ; plus loin, un monument avec une inscription mystérieuse. Il était déjà tard que Marie ne s'en était pas aperçue. Le prince proposa à ses hôtes de rentrer, et lorsqu'ils furent dans le salon, il pria Marie de faire les honneurs du thé. Elle s'y prêta avec une grâce parfaite, et elle écoutait je ne sais quelle anecdote ravissante, lorsqu'elle fut effrayée par un bruit soudain... c'était un feu d'artifice dont l'aimable causeur lui avait ménagé la surprise. Elle jouit de ce spectacle si nouveau pour elle avec tout l'abandon de son âge. Pour Troïékourof, il se sentit d'autant plus flatté qu'il regardait cette attention du prince comme une marque de considération et de déférence. Le souper fut, comme le dîner, servi avec autant d'élégance que de luxe. Enfin on conduisit Cyrile Pétrovitch et sa fille dans des appartements meublés avec la dernière recherche, et le lendemain on se sépara avec la promesse de se revoir bientôt.

15

Un jour Marie était à broder dans sa chambre ; les fenêtres étaient ouvertes, et les tièdes émanations de l'été se mêlaient à son haleine. Machinalement elle reproduisait sur le canevas le modèle qu'elle avait devant les yeux ; mais elle pensait à tout autre chose. Tout à coup une main se montre à la fenêtre, une lettre tombe sur le métier. Elle n'était pas encore revenue de sa surprise qu'un domestique vint l'avertir que son père l'attendait. Elle cacha précipitamment la lettre dans son sein et monta au salon.

Cyrile Pétrovitch n'était pas seul. Le prince se leva en la voyant entrer et la salua avec un air d'embarras qui ne lui était pas habituel.

– Approche, Marie, dit Troïékourof ; j'ai une nouvelle à t'apprendre... Voici ton fiancé... le prince demande ta main.

Marie resta comme pétrifiée... elle ne trouva pas une parole ; mais ses traits se couvrirent d'une pâleur mortelle. Le prince, qui avait eu le temps de se remettre, lui prit la main, et lui demanda si elle consentait à faire son bonheur.

– Vous comprenez, prince, que c'est tout naturel... Une jeune fille est chez elle à coudre... et voilà qu'on vient lui annoncer... Rien de plus naturel... les filles ne s'expliquent jamais franchement là-dessus... par habitude... c'est dans la nature... mais je vois bien qu'elle consent... Allons, qu'on s'embrasse ! Prince, c'est une affaire arrangée.

Marie était immobile à sa place... le prince lui baisa la main... Tout à coup des larmes inondèrent les joues pâles de la jeune fille.

Le prince fronça le sourcil.

– Va vite essuyer tes larmes, lui dit Cyrile Pétrovitch, et reviens-nous avec un visage riant. Elles pleurent toutes quand on leur parle de cela, poursuivit-il en se tournant vers le prince... Maintenant réglons les affaires et parlons de la dot.

Marie saisit avec empressement l'occasion de faire une retraite décente. Rentrée chez elle, elle donna libre cours à ses larmes. Le vieux prince, dont elle se voyait déjà l'épouse, lui devint odieux... Non ! jamais !

s'écriait-elle dans son désespoir, plutôt le couvent, plutôt la mort ! Quelle différence entre lui et Doubrovsky !

Comme on peut bien le penser, la lettre ne lui était pas sortie de l'idée. Elle l'ouvrit, et lut les quelques mots qui suivent : « Ce soir, à dix heures, au même endroit. »

La lune brillait ; la nuit était tiède et calme, à peine un léger souffle agitait les feuilles des tilleuls. Elle se glissa comme une ombre dans les allées qui conduisaient à la tonnelle. Cette fois, elle était la première au rendez-vous... Un léger bruissement se fit entendre dans la haie... Doubrovsky était devant elle.

– Je sais tout, lui dit-il d'une voix triste ; pensez à votre promesse.

– Si c'est votre appui que vous m'offrez, vous devez comprendre que j'hésite à l'accepter.

– Je vous délivrerai de cet homme ! poursuivit-il d'un air sombre.

– Au nom du ciel ! point de violence !... Si vous m'aimez ! ne chargez point ma conscience d'un meurtre !

– Votre volonté m'est sacrée... Votre intercession le sauvera... Mais qu'ordonnez-vous ?

– Je n'ai pas perdu tout espoir de fléchir mon père... il est dur et emporté, mais il m'aime.

– Vous vous abusez... Il ne voudra pas comprendre les motifs de votre résistance. Il persistera à faire votre bonheur malgré vous ; car il ne voit que la fortune et le rang... Il vous jettera dans les bras de ce vieillard infirme, dont le souffle flétrira votre jeunesse !

– Écoutez, Doubrovsky ! prenez pitié de celle... qui sera plutôt votre femme !

Doubrovsky tremblait... Il était là, pâle et silencieux, mesurant toute l'étendue du sacrifice...

– Mettez tout en œuvre, dit-il enfin, pour échapper à ce lien funeste ; suppliez, résistez... et si vos prières sont repoussées, dites-lui que vous avez un protecteur... un protecteur terrible !

Marie pleurait... Cette dernière lutte de sa conscience lui révélait toute la force de son amour.

– Malheureux que je suis ! continua le jeune homme... je m'estimais heureux de vous entrevoir quelquefois, de toucher votre main chérie... et maintenant, que je puis dire : je t'aime ! ce bonheur qui t'entraînerait dans ma ruine il faut que je le repousse loin de moi !

Il l'attira doucement sur son cœur, et, avec la confiance d'un premier amour, Marie abandonna sa tête sur l'épaule du jeune brigand.

Enfin elle s'écria :

– Il est temps !

Doubrovsky se réveilla comme d'un songe.

– Prenez cette bague, lui dit-il enfin... Si vous avez besoin de moi, vous viendrez la déposer dans le creux de cet arbre.

Il lui baisa la main, et disparut dans l'épaisseur du feuillage.

16

L'union prochaine de Marie avec le prince n'était plus un secret dans le voisinage ; déjà Troïékourof avait reçu des félicitations à ce sujet, et sa vanité pressait les préparatifs. Pour Marie, elle reculait de jour en jour devant un consentement formel, et elle n'accueillait le vieux soupirant qu'avec une réserve glaciale ; le prince, qui ne demandait pas de l'amour, attendait patiemment l'instant d'une résignation décente.

Marie comprit la nécessité d'une démarche décisive. Elle écrivit au prince que, sans se sentir la moindre inclination pour lui, elle espérait assez de sa générosité pour renoncer à un hymen qui ne pouvait que les rendre malheureux l'un et l'autre ; et elle finissait en le suppliant de la protéger lui-même contre la violence de son père. Véréïsky fut surpris de cette franchise ; mais, loin d'être touché de cette marque de confiance, il jugea qu'il fallait emporter l'affaire de haute lutte, et il montra la lettre à Troïékourof.

Rien ne pourrait donner une idée de la colère du vieux général. Le prince eut toutes les peines du monde à lui persuader qu'il devait n'en rien dire à Marie. Cependant il finit par céder ; mais il résolut de couper court à toutes ces lenteurs, et fixa le mariage au lendemain. Le prince se rendit auprès de Marie, et, sans rien lui dire de la résolution de son père, il exprima à la jeune fille tout le chagrin que lui avait causé sa lettre, et déclara qu'il ne se sentait pas la force de renoncer à elle.

– J'ai l'espoir, ajouta-t-il en lui baisant respectueusement la main, que le temps me donnera un peu de votre bonne affection en retour de tant de tendresse.

À peine était-il hors de la chambre, que Troïékourof entra. Il signifia à sa fille, d'un ton impérieux, qu'elle eût à se tenir prête pour le lendemain.

Marie, toute en larmes, se jeta à ses pieds.

– Ô mon père ! s'écria-t-elle, ce mariage serait ma perte... Je n'aime point le prince... je ne puis l'épouser !

– Qu'est-ce à dire ? reprit Troïékourof... Voilà un langage tout nouveau... C'est maintenant, que tout est arrangé et conclu, que tu viens jeter un caprice à la traverse ! Trêve d'enfantillages... cela ne prendrait pas avec moi !

– Vous ne voulez pas ma mort, n'est-ce pas ?... Je ne vous demande que de rester près de vous... de ne point me sacrifier à un homme qui m'est odieux !... Encore si vous vous sépariez de votre fille unique pour la voir heureuse !

Cyrile Pétrovitch se sentit ému ; mais il réprima le sentiment paternel.

– Ne sais-je pas mieux que toi ce qui te convient ? reprit-il d'un ton sévère... Tes réflexions doivent être faites : tu n'as plus qu'à obéir... Après-demain tu seras la princesse Véréïsky.

– Dieu ! s'écria Marie... Mais non, c'est impossible !...

Écoutez ! puisque vous avez juré ma perte, je trouverai un autre protecteur... C'est vous qui l'aurez voulu !

– Des menaces ! à moi, des menaces ! Fille dénaturée ! tu oses menacer ton père !... Et ce protecteur... parle ! quel est-il ?

– Vladimir Doubrovsky ! répondit Marie au désespoir.

Troïékourof la crut folle ; il la regardait d'un air consterné.

– Je te fais mon compliment sur ton libérateur !... En attendant, tu ne sortiras de ta chambre que pour la cérémonie.

À ces mots il s'éloigna, et ferma la porte à la clef.

La pauvre enfant pleura longtemps... Cependant son courage de femme avait trouvé de nouvelles forces dans la déclaration qu'elle venait de faire. Avant tout, il s'agissait pour elle de se soustraire à ce mariage abhorré. Entre un prince goutteux et un brigand jeune, aimable et musicien, elle trouva qu'il n'y avait pas à hésiter. Tout en réfléchissant au sort qui l'attendait, elle tenait la bague de Doubrovsky.

– Je le consulterai encore une fois, se disait-elle, et je m'abandonnerai à ses conseils.

Elle avait le pressentiment qu'il se rendrait le soir à la tonnelle... À la tombée de la nuit, elle se disposait à descendre, lorsqu'elle trouva la porte fermée à double tour. La femme de chambre, qui veillait au-dehors, lui dit à voix basse que Cyrile Pétrovitch avait expressément défendu qu'on la laissât sortir. Il ne lui restait plus qu'à s'asseoir à sa fenêtre, où elle contempla les étoiles jusqu'à ce que, vaincue par la fatigue, elle s'endormit sur sa chaise. Elle était au milieu d'un songe pénible lorsqu'elle fut éveillée par les premiers rayons du matin.

17

À peine eut-elle les yeux ouverts, qu'elle sonna : sa femme de chambre lui dit, sans ouvrir la porte, que Cyrile Pétrovitch était allé la veille chez le prince, et qu'il n'était rentré que fort tard. La consigne, à l'égard de Marie, était toujours aussi sévère ; du reste les préparatifs de noces se bornaient à l'indispensable, et le prêtre avait l'ordre formel de ne s'absenter sous aucun prétexte.

Ces informations ne firent que confirmer la jolie captive dans ses projets de résistance. Elle résolut de tout faire savoir à Doubrovsky. Elle cherchait un moyen de faire porter la bague à l'endroit convenu, lorsqu'un caillou tomba dans sa chambre. Elle s'élança à la fenêtre, et vit le petit Alexandre dont elle connaissait l'attachement.

– Alexandre, lui demanda-t-elle, est-ce que tu aurais quelque chose à me dire ?

– Petite sœur, je voulais seulement te demander si tu as besoin de moi. Les gens ont ordre de ne pas t'écouter ; mais moi, vois-tu, je ferai tout ce que tu voudras.

– Merci, cher petit ; tu peux, en effet, me rendre un service. Tu sais bien où est le vieux chêne creux, près de la tonnelle ?

– Oui.

– Eh bien ! si tu m'aimes, va porter cette bague dans cette cachette... Mais prends bien garde qu'on ne te voie.

L'enfant ramassa l'anneau, et courut à toutes jambes jusqu'à l'endroit indiqué. Là, il s'arrêta pour reprendre haleine, regarda tout autour de lui, et remplit sa commission. Il s'apprêtait à retourner vers Marie, lorsqu'il vit sortir de la tonnelle un petit garçon aux cheveux roux, et tout en guenilles. Cet enfant alla droit au chêne, plongea la main dans le creux de l'arbre, et en tira la bague avec l'adresse d'un écureuil. Alexandre se précipita sur lui, et l'étreignit de ses deux bras.

– Que fais-tu ici ? lui dit-il.

– Ce ne sont pas tes affaires, répliqua l'étranger.

– Tu vas me rendre cette bague, maudite tête rouge !

Pour toute réponse, Alexandre reçut un violent coup de poing en pleine figure. S'obstinant pourtant toujours après son ennemi, refusant de le lâcher, le petit Sacha se partit à hurler de tout l'air de ses poumons :

– Au voleur !... au voleur !... au secours !...

Le vilain bougre s'efforçait d'échapper à son entrave. Il avait à peine deux ans de plus qu'Alexandre mais paraissait franchement plus vigoureux que lui, quoique moins alerte. Après quelques moments d'une lutte effrénée, la tête rousse prit le dessus, terrassa le petit Alexandre et lui serra le col.

Une main ferme se saisit alors de sa tignasse de sanglier, et Stépan, le jardinier du domaine, jouant opportunément de la surprise, l'éleva d'un bon demi-mètre au-dessus du sol...

– Comment oses-tu frapper notre petit maître, sale vilain petit rouquin ?...

Alexandre se remettait toutefois à crier à tue-tête :

– Rends-moi la bague !

– Compte là-dessus ! répliqua l'autre garnement.

Et se libérant de l'emprise du jardinier Stépan, la petite tête de fripouille s'avisa de déguerpir. Alexandre se jeta après lui, parvint à le rejoindre et le fit culbuter. Le bon vieux Stépan proposa aussitôt de l'emmener auprès de l'intendant, afin qu'il soit châtié.

À peine avaient-ils fait quelques pas vers le château, qu'ils rencontrèrent Cyrile Pétrovitch.

– Que se passe-t-il ici ? questionna-t-il.

Le jardinier Stépan l'instruisit de l'affaire en quelques mots. Il se retourna alors vers Alexandre :

– Qu'avez-vous à voir tous les deux ?

– Il a volé la bague qui se trouvait dans le creux de l'arbre !... Faites qu'il me la rende, papa !

– Allons ! De quelle bague s'agit-il ? De quel arbre parles-tu enfin ?

– C'est Marie Cyrilovna qui... C'est la bague que...

Alexandre perdit contenance, s'embrouilla. Cyrile Pétrovitch fronça les sourcils et s'exclama en hochant la tête :

– Ah ! Ah ! cela regarde Marie Cyrilovna... Eh bien, je te ferai donner les verges si cela doit te servir d'enseignement.

– Papa, je vous en supplie, je... Marie Cyrilovna n'y est pour rien, je... Elle n'y est vraiment pour rien du tout...

– Stépan, fournis-moi de bonnes verges, coupe-moi une branche de bouleau bien verte...

– Attendez, papa, attendez, je vais tout vous expliquer... Je jouais dans la cour, ma sœur a ouvert sa fenêtre à cet instant. Je me suis rapproché d'elle. Par maladresse, Marie Cyrilovna a laissé échapper la bague d'entre ses doigts, alors je m'en suis emparé, je suis allé la cacher dans ce chêne puis ce vilain rouquin s'est mis dans la tête de me la voler.

– Ah ! Ah ! La bague lui a échappé par hasard et tu as voulu t'en saisir, n'est-ce pas ? Stépan, les verges !

– Attendez, papa, attendez, je vais tout vous dire ! Marie Cyrilovna m'a prié de me rendre jusque-là puis de déposer la bague dans le creux du chêne. Et je l'ai fait, je l'y ai mise quand ce fichu voyou...

Cyrile Pétrovitch se tourna vers l'accusé et l'interrogea vertement :

– Qui est ton maître ?

– J'appartiens au seigneur Doubrovsky, je fais partie de ses serfs.

Le visage du vieux gentilhomme prit une expression sévère.

– Mais dis-moi, si tu ne me reconnais point pour maître, que faisais-tu dans mon jardin ?

– Je volais des fraises, rétorqua-t-il avec la plus totale indifférence.

– Et depuis quand pousse-t-il des fraises sur les chênes ?

Le petit bougre ne répondit rien.

– Bien ! Rends-moi à présent la bague et file au diable.

Le gamin montra alors ses deux mains vides.

– Écoute-moi, petit : si tu me la donnes bien gentiment, tu n'auras pas de coup de fouet et voici cinq kopecks pour t'acheter des noix, si tu t'entêtes, gare à toi, je te préviens.

La tête basse, feignant l'idiotie parfaite, le vilain petit bougre ne répondait toujours rien.

– Fort bien ! Qu'on l'enferme, dit Troïékourof.

Et tandis que Stépan conduisait le jeune sauvage au pigeonnier, Cyrile Pétrovitch raisonnait à part lui : Cela ne fait aucun doute, Marie Cyrilovna est restée en rapport avec ce Doubrovsky !... Mais se peut-il toutefois qu'elle l'ait appelé à l'aide ? Qui peut savoir, si je tiens le bon bout, il ne pourra plus longtemps m'échapper.

Comme il réfléchissait aux avantages qu'on pourrait tirer de cette capture, le capitaine du cercle arriva précisément.

– Bonne nouvelle ! s'écria Troïékourof... je tiens Doubrovsky !

– Dieu soit loué !... Excellence ! et où est-il ?

– Ce n'est pas lui en personne, mais c'est quelqu'un de sa bande ; on va l'amener...

Et il donna l'ordre d'aller chercher la tête rouge.

Le capitaine ne fut pas médiocrement surpris de voir, au lieu d'un brigand aux formes athlétiques, un enfant de douze ans, d'une apparence assez chétive. Il se tourna du côté de Cyrile Pétrovitch de l'air d'un homme qui attend une explication. Sans parler de Marie, Troïékourof raconta la scène de l'arbre, tandis que le capitaine examinait attentivement l'enfant qui faisait le niais, et ne paraissait pas même se douter qu'on s'occupât de lui. Le capitaine pria le vieux seigneur de lui accorder un moment d'entretien particulier. Ils passèrent dans une pièce voisine, et rentrèrent bientôt dans le salon, où la tête rouge attendait sa sentence.

– Tu mériterais, dit le capitaine, d'être fouetté exemplairement, et envoyé dans quelque colonie éloignée ; mais ta jeunesse m'a fait pitié, et j'ai intercédé pour toi. Qu'on le délie. – Maintenant, remercie ton maître.

L'enfant s'approcha de Cyrile Pétrovitch, s'inclina et lui baisa la main.

– Retourne chez toi, lui dit Troïékourof, et une autre fois ne vole plus de fraises dans le creux des arbres.

L'enfant, tout joyeux, s'élança vers la porte, et courut à travers champs jusqu'au village de Kisténovka. Il s'arrêta devant une cabane à demi ruinée, frappa à une fenêtre où parut aussitôt une vieille femme.

– Grand'mère, un morceau de pain ! je n'ai rien mangé de la journée, et je meurs de faim !

– C'est toi, Micha !... et où donc as-tu été, couvée du diable ?

– Je te dirai tout cela, grand'mère... mais, pour l'instant, un morceau de pain.

– Entre.

– Je ne puis pas... j'ai une course à faire... Vite ! du pain.

La vieille lui donna en murmurant quelques croûtes, et il continua sa route en mangeant avec avidité.

Il commençait à faire sombre... Micha se dirigeait vers la forêt. Arrivé près de deux pins qui s'élevaient comme deux sentinelles à l'entrée du bois, il s'arrêta, regarda autour de lui, et se mit à siffler dans ses doigts ; un autre coup de sifflet lui répondit, et un homme sortit de l'épaisseur de la forêt et vint à lui.

18

Cyrile Pétrovitch se promenait de long en large dans le salon. Toute la maison était en émoi : les domestiques allaient et venaient. Une dame, aidée de la femme de chambre, était dans le cabinet de toilette à préparer la parure de tête de Marie, qui, pâle et immobile, se tenait devant un miroir. De temps en temps elle poussait un profond soupir, mais sans prononcer une parole.

– Est-elle bientôt prête ?

C'était la voix de Troïékourof.

– À l'instant même, répondit la dame. – Regardez-vous dans la glace, Marie Cyrilovna ; est-ce bien comme cela ?

Marie se leva sans répondre... Les portes s'ouvrirent.

– La mariée est prête, dit la dame à Troïékourof ; faites avancer la voiture.

– Au nom de Dieu, dit Troïékourof d'une voix émue, et en prenant une sainte image sur la table, approche, et reçois ma bénédiction !

La pauvre Marie tomba à ses pieds en sanglotant.

– Père ! père ! s'écria-t-elle, et les pleurs étouffaient sa voix.

Troïékourof se hâta de lui donner sa bénédiction ; on la releva, et on l'emporta à demi évanouie dans la voiture. La dame qui représentait sa mère prit place à côté d'elle, et l'on partit pour l'église où le futur les attendait. Il alla au-devant de la mariée dont la pâleur et l'étrange regard le frappèrent. Ils traversèrent côte à côte la petite église, dont on ferma les portes derrière eux. Le prêtre parut derrière l'autel, et la cérémonie commença. Marie n'avait qu'une seule pensée : Si Doubrovsky n'allait pas venir ! Le prêtre s'avança vers elle, et prononça les paroles sacramentelles... Elle tremblait tellement, qu'elle tomba presque à la renverse. Pendant quelque temps, elle différa la réponse qui l'engageait... elle attendait toujours... Alors le prêtre prononça le mot irrévocable... Tout était fini. Marie sentit le froid baiser de son époux ; elle entendit les félicitations des assistants et les vœux que l'on faisait pour son bonheur, et elle doutait encore de la réalité... Elle attendait Doubrovsky. Le prince lui adressait des paroles flatteuses qu'elle n'entendait même pas. On sortit de l'église : devant le portique étaient les paysans de Pakrovsky. Elle interrogea la foule d'un regard rapide, et retomba dans son insensibilité. Le couple monta en voiture qui prit le chemin de la propriété du prince, où les attendait Cyrile Pétrovitch. Le prince paraissait désolé de la froideur glaciale de sa jeune épouse ; mais, en homme d'expérience, il s'abstint de démonstrations intempestives. Ils avaient fait environ dix verstes ; la voiture volait, lorsque tout à coup des cris se firent entendre... Une troupe d'hommes armés entoura la voiture. Une grande figure masquée parut à la portière du côté où Marie était assise.

– Vous êtes libre... Descendez !

– Qu'est-ce que cela signifie ? s'écria le prince ; qui est cet homme ?

– Doubrovsky ! répondit la princesse.

Le prince, qui conservait toute sa présence d'esprit, tira un pistolet d'une des poches de la voiture, et le déchargea sur le brigand masqué. La princesse poussa un cri, et se couvrit le visage de ses mains.

Doubrovsky était blessé à l'épaule ; son sang coulait... Le prince profita du tumulte, et saisit un second pistolet ; mais, avant qu'il eût le temps de l'ajuster, on l'avait arraché à la voiture, et plusieurs couteaux brillaient sur sa poitrine.

– Que personne ne le touche ! s'écria Doubrovsky, et, à sa voix, les brigands lâchèrent leur victime. – Vous êtes libre ! reprit Doubrovsky en s'adressant à la princesse.

– Il est trop tard ! dit-elle ; je suis mariée... Le prince est mon époux... laissez-le libre... J'ai tenu ma parole : je vous ai attendu jusqu'au dernier moment... Maintenant, tout est consommé... laissez-nous partir...

Doubrovsky ne l'entendait plus... Cette secousse morale, jointe à la douleur de sa blessure, avait épuisé ses forces. Il tomba auprès de la voiture, et ses compagnons se pressèrent autour de lui. À peine put-il articuler quelques paroles. On le mit sur son cheval. Deux hommes le soutenaient, et un troisième conduisait sa monture par la bride. Ils disparurent bientôt dans un chemin de traverse. La voiture demeura au milieu de la route, les traits coupés... les laquais étaient garrottés... mais rien n'avait été pillé, pas une goutte de sang n'avait été versée pour venger celui du capitaine.

19

Au milieu d'un fourré épais où coulait un petit ruisseau, s'élevait une fortification en terre. Cet ouvrage consistait en un rempart défendu par des fossés, et qui couvrait quelques huttes couvertes de chaume. Un groupe d'hommes assis en plein air annonçait assez par leur accoutrement et leurs armes à quelle profession ils appartenaient. Devant eux pétillait un feu sur lequel était fixée la marmite commune. Une sentinelle veillait sur le rempart, à côté d'un petit canon. Il était occupé à mettre une pièce à sa veste ; et de temps en temps il suspendait cette besogne pour jeter un regard autour de lui.

Les brigands prirent leur repas ; une cruche en terre passait de main en main ; mais ils observaient un profond silence. On les voyait se lever l'un après l'autre pour aller faire une courte prière ; les uns se rendaient dans la forêt ; les autres rentraient dans les huttes ou s'étendaient sur le gazon pour dormir.

L'homme de garde contemplait avec complaisance la pièce neuve qui tranchait sur sa veste usée, il se mit à cheval sur le canon et fredonna la vieille chanson :

Pourquoi murmures-tu, verte forêt ?
Et toi, chêne vert, pourquoi étends-tu tes rameaux hors de la feuillée ?

À peine avait-il fini ce couplet qu'une porte s'ouvrit, et qu'une vieille femme en bonnet blanc, et proprement vêtue, sortit d'une des huttes :

– Il faut avoir bien peu de conscience pour chanter ainsi, tandis que notre maître repose !

– Je ne chanterai plus, Pétrovna, répondit l'homme de garde ; puisse-t-il jouir d'un bon sommeil et guérir !

La vieille rentra... C'était dans cette hutte et derrière une cloison que gisait Doubrovsky blessé. Deux pistolets étaient sur un banc devant lui ; un sabre était suspendu au-dessus de sa tête. Tout à coup il tressaillit ; on entendit un grand bruit dans la forêt, et l'homme de garde vint frapper à la fenêtre :

– Vladimir Andréïévitch ! s'écria-t-il, les nôtres font un signal... on est sans doute sur nos traces !

Doubrovsky sauta à bas de son lit, prit ses armes et sortit de la hutte. Les brigands se pressaient en tumulte... À son arrivée, il se fit un profond silence.

– Sommes-nous au complet ? demanda Doubrovsky.

On répondit affirmativement.

– Eh bien ! chacun à son poste !

Dans ce moment trois des sentinelles s'avancèrent : le chef alla à leur rencontre.

– Nous sommes cernés par la troupe, dit un de ces hommes.

Doubrovsky fit fermer les portes de l'enceinte, et visita lui-même le canon. Des voix retentissaient dans la forêt, et le bruit se rapprochait toujours. Les brigands attendirent l'ennemi en silence. Quelques soldats se montrèrent et disparurent aussitôt.

– Préparez-vous ! s'écria Doubrovsky.

Un murmure s'éleva parmi la bande qui de nouveau demeura silencieuse. On entendit tout auprès un commandement... les fusils brillèrent à travers les arbres. Tout à coup cent cinquante soldats commencèrent l'attaque du rempart. Doubrovsky pointa sa pièce et alluma la mèche... plusieurs soldats tombèrent et la confusion se mit dans leurs rangs ; mais l'officier qui les conduisait les rallia et bientôt les soldats eurent sauté dans le fossé. Les brigands faisaient un feu continuel et meurtrier ; mais bientôt ils saisirent leurs haches pour frapper ceux qui essayaient d'escalader le rempart. Il y eut une sanglante mêlée... déjà les brigands commençaient à plier, lorsque Doubrovsky marcha droit à l'officier et l'étendit mort d'un coup de pistolet. Les soldats enlevèrent le corps, et les brigands, profitant de ce tumulte, pressèrent si vivement l'ennemi qu'il dut songer à la retraite.

Plus tard lorsqu'on revint avec des forces plus considérables, on trouva la forteresse abandonnée. Le bruit courut que quelques jours après la première attaque, Doubrovsky avait réuni tous ses compagnons et leur avait annoncé qu'il était décidé à les quitter pour toujours et leur conseillait de changer de vie.

– Vous êtes devenus riches sous mes ordres, chacun de vous possède un passeport avec lequel il peut, sans danger, se rendre dans n'importe quel gouvernement éloigné et là, mener une autre vie, dans une honnête occupation et dans l'abondance. Mais vous êtes tous des coquins et très probablement vous ne changerez pas de métier.

Après ces mots, il les quitta, emmenant un seul compagnon. Personne ne sut où il se rendait.

On commença d'abord par douter de la vérité de ces informations – le dévouement absolu des brigands pour leur chef était connu, on supposait qu'ils cherchaient ainsi à le sauver – mais la suite les confirma.

Les effrayantes attaques, les incendies et les vols cessèrent, les routes furent tranquilles. On apprit, d'autre part, que Doubrovsky avait passé à l'étranger.

CATALOGUE LIBRIO (extraits)

LITTÉRATURE

Hans-Christian Andersen
La petite sirène et autres contes - n° 682

Anonyme
Tristan et Iseut - n° 357
Roman de Renart - n° 576
Amour, désir, jalousie - n° 617
Pouvoir, ambition, succès - n° 657
Les Mille et Une Nuits :
Sindbad le marin - n° 147
Aladdin ou la lampe merveilleuse - n° 191
Ali Baba et les quarante voleurs *suivi de* Histoire du cheval enchanté - n° 298

Fernando Arrabal
Lettre à Fidel Castro - n° 656

Boyer d'Argens
Thérèse philosophe - n° 422

Isaac Asimov
La pierre parlante *et autres nouvelles* - n° 129

Richard Bach
Jonathan Livingston le goéland - n° 2
Le messie récalcitrant (Illusions) - n° 315

Honoré de Balzac
Le colonel Chabert - n° 28
Ferragus, chef des Dévorants - n° 226
La vendetta *suivi de* La bourse - n° 302

Jules Barbey d'Aurevilly
Le bonheur dans le crime *suivi de* La vengeance d'une femme - n° 196

René Barjavel
Béni soit l'atome *et autres nouvelles* - n° 261

James M. Barrie
Peter Pan - n° 591

Frank L. Baum
Le magicien d'Oz - n° 592

Nina Berberova
L'accompagnatrice - n° 198

Bernardin de Saint-Pierre
Paul et Virginie - n° 65

Patrick Besson
Lettre à un ami perdu - n° 218
28, boulevard Aristide-Briand *suivi de* Vacances en Botnie - n° 605

Pierre Bordage
Les derniers hommes :
1. Le peuple de l'eau - n° 332
2. Le cinquième ange - n° 333
3. Les légions de l'Apocalypse - n° 334
4. Les chemins du secret - n° 335
5. Les douze tribus - n° 336
6. Le dernier jugement - n° 337
Nuits-lumière - n° 564

Ray Bradbury
Celui qui attend *et autres nouvelles* - n° 59

Lewis Carroll
Les aventures d'Alice au pays des merveilles - n° 389
Alice à travers le miroir - n° 507

Jacques Cazotte
Le diable amoureux - n° 20

Adelbert de Chamisso
L'étrange histoire de Peter Schlemihl - n° 615

Andrée Chedid
Le sixième jour - n° 47
L'enfant multiple - n° 107
L'autre - n° 203
L'artiste *et autres nouvelles* - n° 281
La maison sans racines - n° 350

Arthur C. Clarke
Les neuf milliards de noms de Dieu *et autres nouvelles* - n° 145

John Cleland
Fanny Hill, la fille de joie - n° 423

Colette
Le blé en herbe - n° 7

Joseph Conrad
Typhon - n° 718

Benjamin Constant
Adolphe - n° 489

Savinien de Cyrano de Bergerac
Lettres d'amour et d'humeur - n° 630

Maurice G. Dantec
Dieu porte-t-il des lunettes noires ? *et autres nouvelles* - n° 613

Alphonse Daudet
Lettres de mon moulin - n° 12
Tartarin de Tarascon - n° 164

Philippe Delerm
L'envol *suivi de* Panier de fruits - n° 280

Virginie Despentes
Mordre au travers - n° 308
(pour lecteurs avertis)

Philip K. Dick
Les braconniers du cosmos *et autres nouvelles* - n° 92

Denis Diderot
Le neveu de Rameau - n° 61
La religieuse - n° 311

Fiodor Dostoïevski
L'éternel mari - n° 112
Le joueur - n° 155

Alexandre Dumas
La femme au collier de velours - n° 58

Francis Scott Fitzgerald
Le pirate de haute mer
et autres nouvelles - n° 636

Gustave Flaubert
Trois contes - n° 45
Passion et vertu
et autres textes de jeunesse - n° 556

Cyrille Fleischman
Retour au métro Saint-Paul - n° 482

Théophile Gautier
Le roman de la momie - n° 81
La morte amoureuse *suivi de*
Une nuit de Cléopâtre - n° 263

J.W. von Goethe
Faust - n° 82

Nicolas Gogol
Le journal d'un fou *suivi de* Le portrait *et de* La perspective Nevsky - n° 120
Le manteau *suivi de* Le nez - n° 691

Jacob Grimm
Blanche-Neige *et autres contes* - n° 248

Pavel Hak
Sniper - n° 648

Éric Holder
On dirait une actrice
et autres nouvelles - n° 183

Homère
L'Odyssée *(extraits)* - n° 300
L'Iliade *(extraits)* - n° 587

Michel Houellebecq
Rester vivant *et autres textes* - n° 274
Lanzarote *et autres textes* - n° 519
(pour lecteurs avertis)

Victor Hugo
Le dernier jour d'un condamné - n° 70
La légende des siècles
(extraits) - n° 341

Henry James
Le tour d'écrou - n° 200

Franz Kafka
La métamorphose *suivi de* Dans la colonie pénitentiaire - n° 3

Stephen King
Le singe *suivi de* Le chenal - n° 4
La ballade de la balle élastique *suivi de* L'homme qui refusait de serrer la main - n° 46
Danse macabre :
Celui qui garde le ver
et autres nouvelles - n° 193
Cours, Jimmy, cours
et autres nouvelles - n° 214
L'homme qu'il vous faut
et autres nouvelles - n° 233
Les enfants du maïs
et autres nouvelles - n° 249

Rudyard Kipling
Les frères de Mowgli
et autres nouvelles de la jungle - n° 717

Madame de La Fayette
La princesse de Clèves - n° 57

Jean de La Fontaine
Contes libertins - n° 622

Jack London
Croc-Blanc - n° 347

Howard P. Lovecraft
Les autres dieux
et autres nouvelles - n° 68

Marco Polo
Le Livre des merveilles du monde - n° 727

Richard Matheson
La maison enragée *et autres nouvelles fantastiques* - n° 355

Guy de Maupassant
Le Horla - n° 1
Boule de Suif
et autres nouvelles - n° 27
Une partie de campagne
et autres nouvelles - n° 29
Une vie - n° 109
Pierre et Jean - n° 151
Contes noirs - *La petite Roque et autres nouvelles* - n° 217
Le Dr Héraclius Gloss
et autres histoires de fous - n° 282
Miss Harriet *et autres nouvelles* - n° 318

Prosper Mérimée
Carmen *suivi de* Les âmes du purgatoire - n° 13
Mateo Falcone *et autres nouvelles* - n° 98
Colomba - n° 167

La Vénus d'Ille *et autres nouvelles* - n° 236

Alberto Moravia
Le mépris - n° 87
Histoires d'amour - n° 471 (...)

Françoise Morvan
Lutins et lutines - n° 528

Gérard de Nerval
Aurélia *suivi de* Pandora - n° 23
Sylvie *suivi de* Les chimères *et de* Odelettes - n° 436

Charles Perrault
Contes de ma mère l'Oye - n° 32

Edgar Allan Poe
Double assassinat dans la rue Morgue *suivi de* Le mystère de Marie Roget - n° 26
Le scarabée d'or *suivi de* La lettre volée - n° 93
Le chat noir *et autres nouvelles* - n° 213
La chute de la maison Usher *et autres nouvelles* - n° 293
Ligeia *suivi de* Aventure sans pareille d'un certain Hans Pfaall - n° 490

Alexandre Pouchkine
La fille du capitaine - n° 24
La dame de pique *suivi de* Doubrovsky - n° 74

Terry Pratchett
Le peuple du Tapis - n° 268

Abbé Antoine-François Prévost
Manon Lescaut - n° 94

Marcel Proust
Sur la lecture - n° 375
La confession d'une jeune fille - n° 542

Raymond Radiguet
Le diable au corps - n° 8

Vincent Ravalec
Les clés du bonheur, Du pain pour les pauvres *et autres nouvelles* - n° 111
Joséphine et les gitans *et autres nouvelles* - n° 242
Pour une nouvelle sorcellerie artistique - n° 502
Ma fille a 14 ans - n° 681

Jules Renard
Poil de Carotte - n° 25

Marquis de Sade
Les infortunes de la vertu - n° 172

George Sand
La mare au diable - n° 78

Ann Scott
Poussières d'anges - n° 524

Comtesse de Ségur
Les malheurs de Sophie - n° 410

Robert Louis Stevenson
L'étrange cas du Dr Jekyll et de Mr Hyde - n° 113

Jonathan Swift
Le voyage à Lilliput - n° 378

Anton Tchekhov
La cigale *et autres nouvelles* - n° 520
Histoire de rire *et autres nouvelles* - n° 698

Léon Tolstoï
La mort d'Ivan Ilitch - n° 287
Enfance - n° 628

Ivan Tourgueniev
Premier amour - n° 17
Les eaux printanières - n° 371

Henri Troyat
La neige en deuil - n° 6
Viou - n° 284

François Truffaut
L'homme qui aimait les femmes - n° 655

Zoé Valdés
Un trafiquant d'ivoire, quelques pastèques *et autres nouvelles* - n° 548

Fred Vargas
Petit traité de toutes vérités sur l'existence - n° 586

Jules Verne
Les Indes noires - n° 227
Les forceurs de blocus - n°66
Le château des Carpathes - n° 171
Une ville flottante - n° 346

Villiers de l'Isle-Adam
Contes au fer rouge - n° 597

Voltaire
Candide - n° 31
Zadig ou la Destinée *suivi de* Micromégas - n° 77
L'Ingénu *suivi de* L'homme aux quarante écus - n° 180
La princesse de Babylone - n° 356
Jeannot et Colin *et autres contes philosophiques* - n° 664

Oscar Wilde
Le fantôme de Canterville *suivi de* Le prince heureux, Le géant égoïste *et autres nouvelles* - n° 600

Émile Zola
La mort d'Olivier Bécaille *et autres nouvelles* - n° 42

Naïs Micoulin *suivi de* Pour une nuit d'amour - n° 127
L'attaque du moulin *suivi de* Jacques Damour - n° 182

ANTHOLOGIES

Le haschich
De Rabelais à Jarry, 7 écrivains parlent du haschich - n° 582

Inventons la paix
8 écrivains racontent... - n° 338

Toutes les femmes sont fatales
De Sparkle Hayter à Val McDermid, 7 histoires de sexe et de vengeance - n° 632

Présenté par Estelle Doudet
L'amour courtois et la chevalerie
Des troubadours à Chrétien de Troyes - n° 641

Présentée par Estelle Doudet
Les Chevaliers de la Table ronde - n° 709

Présenté par Irène Frain
Je vous aime
Anthologie des plus belles lettres d'amour - n° 374

Présenté par Jean-Jacques Gandini
Les droits de l'homme
Textes et documents - n° 250

Présenté par Gaël Gauvin
Montaigne - n° 523

Présentés par Sébastien Lapaque
Rabelais - n° 483
Malheur aux riches ! - n° 504
J'ai vu passer dans mon rêve
Anthologie de la poésie française - n° 530
Les sept péchés capitaux :
Orgueil - n° 414
Envie - n° 415
Avarice - n° 416
Colère - n° 418
Gourmandise - n° 420

Présenté par Jérôme Leroy
L'école *de Chateaubriand à Proust* - n° 380

Présentés par Roger Martin
La dimension policière - *9 nouvelles de Hérodote à Vautrin* - n° 349
Corse noire - *10 nouvelles de Mérimée à Mondoloni* - n° 444

Présentée par Philippe Oriol
J'accuse ! *de Zola et autres documents* - n° 201

Présentées par Jean d'Ormesson
Une autre histoire de la littérature française :
Le Moyen Âge et le XVIe siècle - n° 387
Le théâtre classique - n° 388
Les écrivains du grand siècle - n° 407
Les Lumières - n° 408
Le romantisme - n° 439
Le roman au XIXe siècle - n° 440
La poésie au XIXe siècle - n° 453
La poésie à l'aube du XXe siècle - n° 454
Le roman au XXe siècle : Gide, Proust, Céline, Giono - n° 459
Écrivains et romanciers du XXe siècle - n° 460

Présenté par Guillaume Pigeard de Gurbert
Si la philosophie m'était contée
De Platon à Gilles Deleuze - n° 403

En coédition avec le Printemps des Poètes
Lettres à la jeunesse
10 poètes parlent de l'espoir - n° 571

Présentés par Barbara Sadoul
La dimension fantastique – 1
13 nouvelles fantastiques de Hoffmann à Seignolle - n° 150
La dimension fantastique – 2
6 nouvelles fantastiques de Balzac à Sturgeon - n° 234
La dimension fantastique – 3
10 nouvelles fantastiques de Flaubert à Jodorowsky - n° 271
Les cent ans de Dracula
8 histoires de vampires de Goethe à Lovecraft - n° 160
Un bouquet de fantômes - n° 362
Gare au garou !
8 histoires de loups-garous - n° 372
Fées, sorcières et diablesses
13 textes de Homère à Andersen - n° 544
La solitude du vampire - n° 611

Présentés par Jacques Sadoul
Une histoire de la science-fiction :
1901-1937 : Les premiers maîtres - n° 345
1938-1957 : L'âge d'or - n° 368
1958-1981 : L'expansion - n° 404
1982-2000 : Le renouveau - n° 437

Présenté par Tiphaine Samoyault
Le chant des sirènes
De Homère à H.G. Wells - n° 666

Présenté par Bernard Vargaftig
La poésie des romantiques - n° 262
Le dernier mot

Présentée par Anne-France Hubau et Roger Lenglet
Plus de 500 dernières paroles célèbres - n° 722

Présentée par Marianne Goeury et Sophie Bardin
La littérature nord-américaine - n° 734

Librio

74

Achevé d'imprimer en Italie par Grafica Veneta
en juin 2010 pour le compte de E.J.L.
87, quai Panhard-et-Levassor, 75013 Paris
Dépôt légal juin 2010
1er dépôt légal dans la collection : juin 1995
EAN 9782290339558

Diffusion France et étranger : Flammarion